Attravierzo 'o specchio e cchello c'Alice ce truvaie

Attravierzo 'o specchio e cchello c'Alice ce truvaie

Through the Looking-Glass in Neapolitan

'A
Lewis Carroll

DESIGNE 'E
JOHN TENNIEL

TRADUTTO IN NAPULITANO 'A
ROBERTO D'AJELLO

evertype

2019

Edito da/*Published by* Evertype, 19A Corso Street, Dundee, DD2 1DR, Scotland. *www.evertype.com*.

Titolo originale/*Original title*: *Through the Looking-Glass and What Alice Found There*.

Traduzione/*Translation* © 2019 Roberto D'Ajello.
Prefazione/*Preface* © 2019 Stefania Tondo.
Questa edizione/*This edition* © 2019 Michael Everson.

Una scheda bibliografica per questo libro è disponibile presso la British Library.
A catalogue record for this book is available from the British Library.

ISBN-10 1-78201-238-9
ISBN-13 978-1-78201-238-2

Composto in De Vinne Text, Mona Lisa, ENGRAVERS' ROMAN, e *Liberty* da Michael Everson.
Typeset in De Vinne Text, Mona Lisa, ENGRAVERS' ROMAN, and Liberty by Michael Everson.

Illustrazioni/*Illustrations*: John Tenniel, 1865.
Illustrazione p. 162/*Illustration on page 162*: Ken Leeder, 1977.

Copertina/*Cover*: Michael Everson.

Prologo

Alice dint' 'o Paese d' 'e Maraveglie è nu cunto 'e ll'està, prubbecato 'a Lewis Carroll (Charles Lutwidge Dodgson) p' 'a primma vota 'int' 'o mese 'e luglio d' 'o 1865. Nu cuófeno d' 'e perzunagge e de ll'avventure dint'a chistu libbro tèneno a cche fa' cu nu mazzo 'e carte. *Attravierzo 'o specchio e chello c'Alice ce truvaie* è nu cunto d' 'o vierno, che Carroll prubbecaie p' 'a primma vota a decembre 1871. Dint'a chisto sicondo cunto 'e perzunagge 'e ll'avventure girano attuorno a na partita 'e scacche.

L'eroina 'e tutt'e dduie 'e libbre è Alice Liddell, 'a figlia d' 'o Decano d' 'a Christ Church, a Oxford, addó Dodgson faceva 'o prufessore 'e matemateca. Cu tutto ch'Alice Liddel era nata 'o 1852, vint'anne doppo 'e Dodgson, essa cumpare dint'a tutt'e dduie 'e libbre comm'a na piccerella 'e sette anne, l'aità ch'essa teneva quanno Dodgson 'a ncuntraie p' 'a primma vota. Se capisce da 'e ppuisie a ll'inizio e â fine d' 'o libbro che Carroll era assaie affeziunato a Alice Liddell. Quaccuno putesse nuta', tuttavota, ca 'o pate e 'a mamma d'Alice avettero nu cuntrasto cu Carroll 'o 1864 e che appriesso Carroll vedette Alice overo assaie poco.

Â fine d' 'o libbro se trova l'episodio «scartato» «'O Vespone cu 'a perucca», che ô pprincipio avev' 'a essere na parte 'e *Attravierzo 'o specchio*. John Tenniel, ch'êva fatto 'e designe d' 'e pprimme edizione 'e tutt' 'e duie libbre, nun se vulette cura' 'e chist'episodio e accussì isso fuie luvato 'a miezo. 'E ffigure sbrennente ca mo ornano 'stu capitulo so' state designate 'a Ken Leeder, cu o stile 'e Tenniel, l'anno 1977.

Attravierzo 'o specchio cuntene cchiù juoche 'e parole e paraduosse logeche 'e chille d'*Alice dint' 'o Paese d' 'e Maraveglie*. E pecchesto è nu libbro pe perzone grosse cchiù 'e chillo 'e primma.

Michael Everson
Dundee, 2019

Carroll, Lewis. 2000. *The Annotated Alice: Alice's Adventures in Wonderland & Through the Looking-Glass*. By Lewis Carroll; with original illustrations by John Tenniel. Updated, with an introduction and notes by Martin Gardiner. Definitive edition. New York & London: W. W. Norton & Company. ISBN 0-393-04847-0

Carroll, Lewis. 1977. *The Wasp in a Wig: a suppressed episode of Through the Looking-Glass*. Notes by Martin Gardiner. London: MacMillan. ISBN 0-333-23727-7

Foreword

lice's Adventures in Wonderland is a summer tale published by Lewis Carroll (Charles Lutwidge Dodgson) for the first time in July 1865. Many of the characters and adventures in that book have to with a pack of cards. *Through the Looking-Glass and What Alice Found There* is a winter tale, which Carroll first published in December 1871. In this second tale, the characters and adventures are based on the game of chess.

The heroine of both books is Alice Liddell, daughter of the Dean of Christ Church, Oxford, where Dodgson was a tutor in mathematics. Although Alice Liddell was born in 1852, twenty years later than Dodgson, she appears in both books as a little girl of seven, the age she was when Dodgson met her for the first time. It's clear from the poems ad the beginning and end of the book that Carroll was very fond of Alice Liddell. One should note, however, that Alice's parents had a disagreement with Carroll in 1864 and Carroll saw Alice very little indeed thereafter.

At the end of the book you will find the "suppressed" episode "The Wasp in a Wig", which was originally intended to be part of *Through the Looking-Glass*. John Tenniel, who drew the pictures in the first edition of the two books, did not care for this episode, and it was therefore omitted. The splendid picture which graces this chapter was drawn in Tenniel's style by Ken Leeder in 1977.

Through the Looking-Glass contains more word-play and logical paradoxes than does *Alice's Adventures in Wonderland*. In consequence it is more a book for adults than the earlier work.

Michael Everson
Dundee, 2019

Carroll, Lewis. 2000. *The Annotated Alice: Alice's Adventures in Wonderland & Through the Looking-Glass*. By Lewis Carroll; with original illustrations by John Tenniel. Updated, with an introduction and notes by Martin Gardiner. Definitive edition. New York & London: W. W. Norton & Company. ISBN 0-393-04847-0

Carroll, Lewis. 1977. *The Wasp in a Wig: a suppressed episode of Through the Looking-Glass*. Notes by Martin Gardiner. London: MacMillan. ISBN 0-333-23727-7

Pre{azione

Ati ccriature a ssèntere 'stu cunto,
uocchie appezzate e recchie cannarute,
s'accuvarranno priate.
'Int' 'o Paese 'e tanti Mmaraveglie,
sunnarranno, 'ntramente 'e juorne volano,
e more n'ata esta':
comme sempe purtate d' 'a currente…
ntalliànnose 'int'a nu chiarore d'oro…
nun è nu suonno 'a vita?[1]

Children yet, the tale to hear,
Eager eye and willing ear,
Lovingly shall nestle near.
In a Wonderland they lie,
Dreaming as the days go by,
Dreaming as the summers die:
Ever drifting down the stream—
Lingering in the golden gleam—
Life, what is it but a dream?

---

1 In italiano: *Pur dei bambini ad ascoltare la storia,* | *Occhio intento e avido orecchio,* | *Felici si annideranno.* | *In un Paese delle Meraviglie essi giacciono,* | *Sognando mentre i giorni passano,* | *Sognando mentre le estati muoiono* | *Eternamente scivolando lungo la corrente…* | *Indugiando nell'aureo bagliore…* | *Che cosa è la vita, se non un sogno?* Sempre le citazioni riportate in versione italiana sono da *Alice nel Paese delle Meraviglie e Attraverso lo Specchio,* edizione annotata a cura di Martin Gardner e traduzione italiana di Masolino D'Amico, Bur Rizzoli, Milano, 2000.

*C*ome si afferma nel dibattito scientifico sui *Translation Studies*,[2] traduzione e incontri interculturali sono strettamente correlati e delineano una realtà che per gli studiosi di letteratura mondiale è fondamentale. Chi condivide la passione della ricerca letteraria e culturale non può che rivolgere un grazie sentito ai traduttori coraggiosi e appassionati, come Roberto D'Ajello, agli editori che li pubblicano, come Franco Di Mauro per la Di Mauro Edizioni e Michael Everson per la Evertype, senza dimenticare gli artisti che cooperano alla resa visiva dei nuovi testi di arrivo, come Lello Esposito, né chi svolge attività di ricerca accademica e tiene in vita le Lewis Carroll Society nel mondo, in un sinergico condiviso trasporto.

I lavori di traduzione—come il presente—occasionano preziosi incontri interculturali, soprattutto se il lavoro traduttivo, linguistico e culturale, viene svolto nello spirito di chi vuole rimuovere le barriere linguistiche, attivare piacevoli e significativi scambi interculturali, conservare le specificità delle lingua di arrivo e rinvigorire i grandi testi di partenza: i classici per tutte le età, a diffusione globale, come *Alice's Adventures in Wonderland* e *Through the Looking-Glass and What Alice Found There*.

Tali imprese mi piace chiamarle «traduzioni sorprendenti» ai fini della connettività interculturale. Con gli aspetti specifici della cultura in mente, la metafora del trasportatore, che conduce le varie parti del processo di trasmissione del testo di partenza verso una nuova meta di arrivo, mi pare adeguata. Ogni cultura in movimento, sotto forma di oggetti/contenitori, trasporta significati, idee e conoscenze straniere, meglio

---

2   Mi piace qui ricordare il meraviglioso e sempre eloquente studio, per chi è coinvolto in questi aspetti e, sulla negoziazione che riguarda la traduzione, di Umberto Eco (2003) *Dire quasi la stessa cosa. Esperienze di traduzione*, Bompiani, Milano.

ancora contenuti, da una parte all'altra del mondo. All'arrivo, l'incontro tra le parti e la perdita di qualcosa nell'interazione può lasciare il posto alla meraviglia, allo stupore. Persino le aspettative non corrisposte possono fornire uno stimolo per il riavvicinamento interculturale, per l'incontro con l'altro. Ciò che viene percepito come *lost in translation* narra le differenze culturali in transito nel nuovo mondo di arrivo e ne segnala aspetti molto rilevanti.

Quando Alice arrivò alla lingua di Napoli nel 2002,[3] un pesante bagaglio di metafore, simbolismi, *nonsense*, giochi di parole e molti riferimenti alla cultura inglese si sono confrontati e hanno interagito con gli elementi della cultura napoletana. La traduzione, che a una prima superficiale lettura è stata percepita come bizzarra o inusuale, è stata motivo di incontri dilettevoli e giocosi interscambi.

All'interno di *Alice* vari sono gli esempi di «traduzione sorprendente» motivati da ragioni culturali di arrivo, e da necessarie condizioni linguistiche e traduttologiche che partecipano a uno stimolante incontro interculturale.

Nel titolo, *Alice 'int' 'o Paese d' 'e Maraveglie* (2002), il traducente *o' paese (d)' 'e* riporta la mente del lettore partenopeo all'espressione *o' paese 'e Pulecenella*, una terra di meraviglie e di sovversioni comiche, qual è la città di Napoli. Il titolo é stato cambiato in *L'Avventure d' Alice 'int' 'o Paese d' 'e Maraveglie*, con il consenso dell'autore, per l'edizione Evertype (2016).[4]

'A Gatta 'e Zi' Maria ha agito come traducente di *Cheshire-Cat*, nome indotto non da un addomesticamento aggressivo e ideologico ma da un desiderato sollievo comico e dalla ricerca di un corrispondente plausibile. Una scelta piuttosto difficile

---

3   Lewis Carroll (2002) *Alice 'int' 'o Paese d' 'e Maraveglie*, Franco Di Mauro Editore, Napoli, traduzione di Roberto D'Ajello, "Introduzione" di Stefania Tondo e "Metamorfosi artistiche" di Lello Esposito.

4   Lewis Carroll (2016) *L'Avventure d'Alice 'int' 'o Paese d' 'e Maraveglie*, Evertype, Cathair na Mart, traduzione di Roberto D'Ajello, Prefazione di Stefania Tondo. ISBN 978-1-78201-155-2.

da fare tra la traduzione letterale—verso la quale il traduttore generalmente verte con gli altri nomi—e l'inserimento di un noto equivalente napoletano. Questo è giustificato da una bella coincidenza. *'A Gatta 'e Zi' Maria* sembra assomigliare al *Gatto del Cheshire*, perché rappresenta un gatto lunatico il cui sorriso esprime quasi metà dei suoi pensieri e sentimenti e, sebbene famoso e di uso diffuso, ha un'origine sconosciuta e controversa.

The Mad Tea-Party si rende con *Nu festino 'e scumbinate*, cioè una piccola festa caotica cui partecipano persone folli: il tè—non così comune nell'uso napoletano se paragonato al caffè espresso—è stato omesso, mentre l'idea di pazzia è stata, comunque, mantenuta nella parola *scumbinate* che caratterizza i noti partecipanti: *'o Lepre Marzuóteco, 'o Cappellaro e nu Galiero*.

Ancora, non esistendo una parola equivalente alla *much of a muchness*, l'espressione napoletana *nu sacco e na sporta*, con la stessa amplificazione comica, ha attivato un compromesso ben riuscito, astenendo l'autore dall'altrimenti necessario conio di un neologismo.[5]

Questi pochi esempi bastino a dimostrare che un trasferimento cruciale avviene quando due culture si incontrano, con il passaggio da un regno interpretativo all'altro. Che queste meravigliose negoziazioni traduttive siano state positivamente produttive è dimostrato dal successo del prodotto finale.

Alice in Napoletano ha viaggiato nel mondo, é parte dei tre volumi che costituiscono *Alice in a World of Wonderlands*, pubblicati in occasione dell'anniversario dei 150 anni di *Alice*, per celebrare e aggiornare il numero delle traduzioni del capolavoro di Lewis Carroll.[6] Successivamente, la traduzione

---

5   *Much of a muchness*, espressione coniata da L. Carroll, e oramai simpaticamente nota in lingua italiana come *moltezza*, dopo la versione di Alice attraverso lo specchio, Tim Burton Productions, Walt Disney Pictures, 2016

6   Jon Lindseth and Alan Tannenbaum (eds.) (2015) *Alice in a World of*

in lingua napoletana è stata rivista e pubblicata da Michael Everson per la casa editrice Evertype, con copertina e illustrazioni standard, prefazione e note in inglese da me curate.

Ancora una volta, Roberto D'Ajello e Lello Esposito hanno deciso di tradurre linguisticamente e visualmente Carroll, dando vita a *Attravierzo 'o specchio e cchello c'Alice ce truvaie*.[7]

Questo *sequel* segna la seconda avventura della cara eroina, Alice, la quale si muove in un mondo speculare, secondario rispetto alla realtà primaria,[8] e dove, ovviamente, la sinistra è destra e dove il qua è là. Una stanza ordinaria delinea il luogo di partenza con il desiderio spontaneo della protagonista che vuole attraversare la superficie specchiata fino a riuscirci, trovandosi al di là di essa, in un mondo la cui struttura fa eco a quella di una scacchiera:

> Oh Muscella, comme sarria bello sulo si putéssemo passa' dint' 'a Casa d' 'o Specchio! Io so' sicura ca ce stanno nu cuófeno 'e cose belle!… E 'ntramente diceva 'sti ccose, Alice se truvaie ncopp' 'a mènzula d' 'o fucone, senza manco sape' comme c'era arrivata. 'O ccert'è c' 'a lastra *steva* overo accummincianno a s'allasca', justo comme na lucente neglia 'argiento.
>
> Manco nu minuto doppo essa se truvava già 'a ll'ata parte d' 'a lastra e era zumpata leggia leggia dint' 'a càmmara d' 'o Specchio.[9]

Wonderlands: The Translations of Lewis Carroll's Masterpiece, Oak Knoll Press, New Castle.

7 Lewis Carroll (2018) *Attravierzo 'o specchio e cchello c'Alice ce truvaie*, Franco Di Mauro Editore, Napoli, traduzione di Roberto D'Ajello, "Introduzione" di Stefania Tondo e illustrazioni di Lello Esposito

8 Cfr. Stefania Tondo, «Da Dioniso ad Alice. Dallo specchio alla superficie», in A. Lombardo (a cura di) (1999) *Gioco di specchi: saggi sull'uso letterario dell'immagine dello specchio*, Bulzoni, Roma, pp. 253–270

9 Oh, Kitty, come sarebbe bello poter entrare nella Casa dello Specchio! Sono sicura che ci sono delle cose meravigliose! … Mentre diceva così, era in piedi

Oh, Kitty, how nice it would be if we could only get through into Looking-Glass House! I'm sure it's got, oh! such beautiful things in it! … She was up on the chimney piece while she said this, though she hardly knew she had got there. And certainly the glass *was* beginning to melt away, just like a bright silvery mist…

In another minute Alice was through the glass, and had jumped lightly down into the looking-glass room.

Qui Alice non gioca più alla *Corza d' 'a rocchia*, a *'O campo 'e pallamaglio d' 'a Riggina* e a *'e carte*, come nel *Paese d' 'e Maraveglie*, ma è alle prese con una partita di scacchi animati—«'E piezze d' 'e scacche stévano cammenanno 'ntunno a dduie a dduie.»—e da pedone diventa *'A Riggina Alice* al finire della storia.

Sicuramente Alice vive ancora esperienze di *divenire folle*,[10] non troppo dissimili da quelle che già leggiamo in *Wonderland*: trasformazione, crescita, allontanamento dall'innocenza e conseguente ingresso nel mondo della Maturità, attraverso le ludiche ed eloquenti leggi della realtà riflessa che guidano Alice verso una nuova visione della realtà di cui partecipa.[11]

Qui, testualmente fedele, la insegue il Traduttore in questione, insieme con l'Illustratore, nello specchio della lingua e della cultura napoletane. Alice si trova *dint' 'a casa d' 'o Specchio* e incontra *'a Riggina Rossa* e *'o Rre Russo* e *'o Rre Janco* e *'a Riggina Janca*. Poi si ritrova a leggere

sulla mensola del camino, pur non avendo la minima idea di come c'era arrivata. E certo il vetro cominciava a sciogliersi e a svanire, proprio come una luminosa nebbia d'argento.

Dopo un altro momento Alice era dall'altra parte dello Specchio.

10 G. Deleuze (1984) *Logica del senso*, Feltrinelli Editore, Milano.

11 Come nel contributo alla Wonderland Week at Homerton, Cambridge, 2015, Stefania Tondo, «Alice's Wonderland/Looking-Glass: from Mirror to Surface Self-Creating and Unrestrained Worlds», in corso di stampa.

Barbugliatone alias *Jabberwocky*, poema e personaggio nonsenso dei più famosi al mondo:

Pe nu poco nce se spremette 'e ccerevelle, ma po le s'appicciaie 'a luce. «Ma certo, è nu libbro Specchio! E si 'o metto annanz' 'o specchio 'e pparole tornano n'ata vota adderitte».

E chesta era 'a puisia c'Alice liggette:

Barbugliatone

Assideciore 'e tasciò nzervatiello
vrialàrono 'o ciarluogno, teroccianno
mutrìvuze; scamava lu scauciello
e 'o verduorco scasava starnuscanno [...]

«Me pare bella assaie», dicette Alice quanno fernette 'e leggere, «ma è nu poco cumpricata 'a capi'!» (vedite ca nun le piaceva 'e cunfessa' manco a essa stessa ca nun êva capito manco na parola). «'E quacche manera pare comme si me vulesse régnere 'a capa cu certe idee... sulo che nun saccio buono qua' songo! Comunque sia, quaccheruno ha acciso quaccosa: ammacaro chesto è chiaro...»

She puzzled over this for some time, but at last a bright thought struck her. "Why, it's a Looking-glass book, of course! And, if I hold it up to a glass, the words will all go the right way again."

This was the poem that Alice read.

Jabberwocky

'Twas brillig, and the slithy toves
Did gyre and gimble in the wabe:

> *All mimsy were the borogoves,*
> *And the mome raths outgrabe* [...]

"It seems very pretty," she said when she had finished it, "but it's rather hard to understand!" (You see she didn't like to confess, even to herself, that she couldn't make it out at all.) "Somehow it seems to fill my head with ideas—only I don't exactly know what they are! However, somebody killed something: that's clear, at any rate—"

Un testo poetico difficile da comprendere ma che nella versione napoletana risulta molto affascinante e ben riuscito: il *Barbugliatone*[12] merita a partire da ora un posto speciale nel cuore del napoletano ed è una delle più riuscite traduzioni di D'Ajello in questo testo.

A seguire, dopo *'O ciardino d' 'e sciure vivente*, la protagonista si ritrova con i *looking-glass insects* che diventano *Inziette annanz' 'o Specchio* tra i quali il Beetle (lo Scarafaggio) è *nu Scarrafone* e una Rocking-Horsefly (la Mosca Cavallina a Dondolo) è *na Mosca Cavallina a Ddònnolo* e così via, in una fedele resa dell'originale in lingua napoletana tramite calco semantico. Il *Cachisso* sostituisce *hay* ('il fieno') e qui D'Ajello riesce felicemente a rispettare lo spirito del testo originario inserendo un gioco linguistico con la lettera C al posto della H di partenza.

Tutto deve volgere da *n'aria stile ngrese* verso Napoli per cui il *plumcake* si chiama *'a pizza doce* e lo *ham sandwich* diventa *o' casatiello* secondo un ben riuscito calco culturale, mentre *Punch and Judy* dell'originale sono *Pulecenella* e *Zeza*.

Dopo questo viaggio traduttivo, linguistico e iconografico, ci si interroga sulle ragioni dell'eterna fortuna dei due

---

12 In lingua italiana *Jabberwocky* è diventato *Ciciarampa* come in *Alice attraverso lo specchio*, Tim Burton Productions, Walt Disney Pictures, 2016.

capolavori di Lewis Carroll che, pare evidente, non sono solo per l'infanzia ma per tutte le età. Per noi che traduciamo, illustriamo, studiamo Alice oggi, alla luce delle transcodificazioni e mediazioni di questi due vincenti testi Vittoriani,[13] mentre riscontriamo tanto amore negli studenti, nei lettori, negli spettatori, nel pubblico per questo libro, per il personaggio e per il messaggio che veicola.

Avviata la ricerca di possibili risposte, viene in mente una poesia famosa per noi studiosi di Alice:

Alice, dove sei?

Strana bambina, antica Alice, presta il tuo sogno:
Basta con le moderne narrazioni,
Vorrei seguirti col riso e col bagliore:
Stanco sono, stasera, di santi e peccatori.
Noi siamo amici da quando Lewis e il vecchio Tenniel
Ti immortalarono in rosso e oro.
Vieni! Il tuo candore è una primavera perenne:
Fammi essere di nuovo giovane prima che sia vecchio.
Tu sei un bicchiere di giovinezza: questa sera voglio
Immerso nei tuoi magici labirinti vagare,
Là dove smania la Regina Rossa con le sue splendide tinte
E il Coniglio Bianco corre per la sua strada.
Avventuriamoci ancora, mano nella mano:
Fammi credere ancora—nel Paese delle Meraviglie[14]

La soluzione all'indagine sulla fortuna e fama dei testi Carolliani potrebbe trovarsi proprio dalle domande che

13 Si ricorda Z. Jaques ed E. Giddens (2013) *Lewis Carroll's "Alice's Adventures in Wonderland" and "Through the Looking-Glass". A Publishing History*, Ashgate, Farham, Surrey.

14 Famosa poesia di Vincent Starrett, in *Alice nel Paese delle Meraviglie e Attraverso lo Specchio*, edizione annotata a cura di Martin Gardner e traduzione italiana di Masolino D'Amico, ed. cit., p. 5.

chiudono *Through the Looking Glass*, interrogativi di Shakespeariana memoria che annullano il limes tra la dimensione del reale e quella dell'onirico:

Chi se l'ha sunnato? ... Nun è nu suonno 'a vita?[15]
Which dreamt it? ... What is life but a dream

Con questa versione in lingua napoletana, Alice continua il suo viaggio nella letteratura mondiale, attraverso il tempo, lo spazio e i linguaggi, trasportando il senso di un possibile incontro culturale; abilitando l'esperienza delle differenze culturali in primo luogo e dando la possibilità di identificare i collegamenti tra le letterature attraverso i confini culturali e nazionali, mentre si rafforza il senso universale che le indagini sul *Paese delle Meraviglie* e *Al di là dello Specchio* comunicano. Per citarne una fra i tanti, Virginia Woolf:

... le due Alici non sono libri per bambini; sono libri nei quali diventiamo bambini. Diventare bambini significa essere molto letterali; trovare ogni cosa talmente strana, che niente sorprende; non aver cuore, non aver pietà, eppure essere così appassionati che uno sgarbo o un'ombra avvolge il mondo della malinconia. Essere Alice nel Paese delle Meraviglie è questo.

Anche essere Alice nel Mondo dello Specchio è questo. È vedere il mondo capovolto... Solo Lewis Carroll ci ha mostrato il mondo capovolto come lo vede un bambino, e ci ha fatto ridere come ridono i bambini, in modo irresponsabile. Lungo i solchi del nonsenso puro piroettiamo, ridendo...[16]

---

15 Chi l'ha sognato? ... Cosa è la vita, se non un sogno?

16 Virginia Woolf, «Lewis Carroll», traduzione di M. D'Amico, cit. in *Lewis Carroll in immagini e parole* (2016), Edizioni Ripostes, Salerno, pp. 7-10, ed in Phillips, R. (ed.) (1971) *Aspects of Alice. Lewis Carroll's Dreamchild as Seen through the Critics' Looking-Glasses 1865-1971*, Penguin, London, pp. 78-80

E proprio volteggiando gioiosamente e avvolti incoscientemente da una irrefrenabile pensosa leggerezza, nel territorio della letteratura e dell'arte mondiale, *'o Paese d' 'e Maraveglie*, *Attravierzo 'o specchio*, non possiamo non ravvisare come Alice sia giunta realmente a Napoli!

Stefania Tondo
Napoli, ottobre 2019

Preface

Ati ccriature a ssèntere 'stu cunto,
uocchie appezzate e recchie cannarute,
s'accuvarranno priate.
'Int' 'o Paese 'e tanti Mmaraveglie,
sunnarranno, 'ntramente 'e juorne volano,
e more n'ata esta':
comme sempe purtate d' 'a currente…
ntalliànnose 'int'a nu chiarore d'oro…
nun è nu suonno 'a vita?

Children yet, the tale to hear,
Eager eye and willing ear,
Lovingly shall nestle near.
In a Wonderland they lie,
Dreaming as the days go by,
Dreaming as the summers die:
Ever drifting down the stream—
Lingering in the golden gleam—
Life, what is it but a dream?[1]

---

1 Quotations are from Lewis Carroll (2015) *Alice's Adventures in Wonderland*,
   Evertype, Portlaoise, ISBN 978-1-78201-125-5, and Lewis Carroll (2009)
   Through the Looking-Glass and What Alice Found There, Evertype, Cathair na

According to the scientific debate on *Translation Studies*,[2] translation and intercultural encounters are closely interrelated and identify an undeniable urge for world literature scholars. Those who share the passion for literary and cultural research cannot but express their heartfelt to courageous and passionate translators, like Roberto D'Ajello, to publishers supporting these works, such as Franco Di Mauro of Di Mauro Edizioni and Michael Everson of Evertype, and to the artists who cooperate in the visual re-reading of the new target texts, such as Lello Esposito, and those carrying out academic research in the field, in a never ending synergistic transport, keeping the Lewis Carroll Society alive.

Literary translations—like the one we are welcoming here—enliven precious intercultural encounters. This is especially true when the linguistic and cultural transport of source texts to new target ones are carried out with an aim to remove insurmountable linguistic barriers and to breathe life into enjoyable intercultural exchanges, while preserving the specificity of the target language and reinvigorating important elements of the source texts, i.e. the classics for all ages with a global reach, such as *Alice's Adventures in Wonderland* and *Through the Looking-Glass and What Alice Found There*.

I like to share the idea of calling these enterprises "amazing translations" insomuch as they generate surprising intercultural connections. Bearing in mind specific aspects of culture, the translator, like a courier, conveys the source text into a new destination. Any culture in movement, in the form of object/container, carries foreign meanings, ideas and knowl-

---

Mart, ISBN 978-1-904808-38-2.

2   See, among the others, Umberto Eco (2001) *Experiences in Translation*, University of Toronto Press, Toronto, Buffalo, and London.

edge from place to place. At the end of the journey, the contact between two cultures and the unavoidable loss in the inter-action might entail a feeling of astonishment, but even these unforeseen outcomes can provide worthwhile stimuli for intercultural meetings. What we define as *lost in translation* tells the story of cultural differences in transit and may constitute very meaningful hints for eloquent cultural differences and similarities.

When Alice was first translated in Neapolitan in 2002,[3] a heavy cargo of metaphors, symbols, nonsenses, puns and English culture references collided and interacted with Neapolitan culture. Perceived at first as strange and surprising in many a case, the Neapolitan translation choices for *Alice in Wonderland* engendered amusing and playful interchanges.

Examples of these "amazing translations" in the text are motivated by cultural peculiarities of the target language, as well as by the context of situation which contributed to a stimulating intercultural meeting.

For instance, in the title *Alice 'int' 'o Paese d' 'e Maraveglie* (2002) ('*Alice in Wonderland*'), *'o Paese (d') 'e* perhaps evoked in the mind of the local reader *'o paese 'e Pulecenella*, 'the country of Pulecenella', a land of wonders and comical subversions. The title was changed to *L'Avventure d'Alice 'int' 'o Paese d' 'e Maraveglie*, with the agreement of the translator, for the Evertype edition (2016).[4]

Moreover, *'A Gatta 'e Zi' Maria* 'Aunt Maria's Cat' was the designated equivalent for the Cheshire-Cat. The choice was not induced by an aggressive ideological attempt at

---

3   *Alice 'int' 'o Paese d' 'e Maraveglie* (2002), Franco Di Mauro Editore, Naples, translation by Roberto D'Ajello, "Introduction" by Stefania Tondo and "Artistic Metamorphosis" by Lello Esposito.

4   *L'Avventure d'Alice 'int' 'o Paese d' 'e Maraveglie* (2016), Evertype, Cathair na Mart, translation by Roberto D'Ajello, Preface by Stefania Tondo. ISBN 978-1-78201-155-2.

domestication, but by a desire for comic relief and by the search for a plausible correspondance. A rather difficult choice to make between the literal translation—the translator's general tendency with other names—and the inclusion of a well-known Neapolitan equivalent. This is justified by a relevant coincidence. *'A Gatta' 'e Zi' Maria* seems to echo the Cheshire-Cat in representing a moody cat whose smile expresses almost half of his thoughts and feelings and, though of common use, with a still debated origin.

The Mad Tea-Party, in turn, became *Nu festino 'e scumbinate*, 'a chaotic party with messed-up people'. Tea is not so common in Neapolitan culture when compared to espresso coffee and has consequently been omitted, while the idea of mental disorder was preserved by *scumbinate* characterizing the well-known tea-party participants: *'o Lepre Marzuóteco'* ('the March Hare'), *'o Cappellaro* ('the Hatter') and *nu Galiero* ('the Dormouse').

Moreover, since there is no equivalent to *much of a muchness*, the Neapolitan expression *nu sacco e na sporta* ('a big sack and a basket'), with the same comic amplification, guaranteed a successful compromise.[5]

These few examples shall be sufficient to demonstrate what a crucial transfer occurs when two cultures meet and how D'Ajello managed to successfully manoeuvre in the two linguistic realms, as this first *Alice* proved to be an editorial achievement.

The Neapolitan *Alice* has now a global reach and became part of the three-volume *Alice in a World of Wonderlands*, published for the 150th anniversary of *Alice* in order to celebrate and update the amount of translations of Lewis Carroll's masterpiece.[6]

---

5   Lewis Carroll's *much of a muchness* has become well known in Italian translation as *moltezza* after Tim Burton's *muchness* (*Alice in Wonderland*, Walt Disney Pictures, 2016).

6   Jon Lindseth and Alan Tannenbaum (eds.) (2015) *Alice in a World of*

Once again, Roberto D'Ajello and Lello Esposito deeply felt like engaging in the production of a Neapolitan Carrollian masterpiece and gave life to *Attravierzo 'o specchio e cchello c'Alice ce truvaie*,[7] encouraged also by Michael Everson for this Evertype edition.

The Alice sequel marks the second adventure of Carroll's dear heroine. This time she moves into a specular world, wherein left is right and here is there, differently from the ordinary world.[8] From an ordinary room, Alice will fulfil her want to go and see what's beyond the "Looking-Glass", finding herself in chessboard-like universe:

«Oh Muscella, comme sarria bello sulo si putéssemo passa' dint' 'a Casa d' 'o Specchio! Io so' sicura ca ce stanno nu cuófeno 'e cose belle!» ... E 'ntramente diceva 'sti ccose, Alice se truvaie ncopp' 'a mènzula d' 'o fucone, senza manco sape' comme c'era arrivata. 'O ccert'è c' 'a lastra steva overo accummincianno a s'allasca, justo comme na lucente neglia 'argiento...

Manco nu minuto doppo essa se truvava già 'a ll'ata parte d' 'a lastra e era zumpata leggia leggia dint' 'a càmmara d' 'o Specchio.

"Oh, Kitty, how nice it would be if we could only get through into Looking-Glass House! I'm sure it's got, oh! such beautiful things in it!" ... She was up on the chimney piece while she said this, though she hardly knew she had got there. And certainly the glass

Wonderlands: The Translations of Lewis Carroll's Masterpiece, Oak Knoll Press, New Castle.

7 Lewis Carroll (2018) *Attravierzo 'o specchio e cchello c'Alice ce truvaie*, Franco Di Mauro Editore, Naples, translation by Roberto D'Ajello, "Introduction" by Stefania Tondo and illustrations by Lello Esposito.

8 Stefania Tondo, «Da Dioniso ad Alice. Dallo specchio alla superficie», in A. Lombardo, (ed.) (1999) *Gioco di specchi: saggi sull'uso letterario dell'immagine dello specchio*, Bulzoni, Rome, pp. 253–270.

was beginning to melt away, just like a bright silvery
mist...

In another minute Alice was through the glass, and
had jumped lightly down into the looking-glass room.

Here Alice does not play *Corza d' 'a rocchia* ('Caucus Race'),
pallamaglio d' 'a Riggina ('Queen's Croquet') or *'e carte*
('cards'), as she does in the *Paese d' 'e Maraveglie*, but she is
involved in a living chess game—*"'E piezze d' 'e scacche
stévano cammenanno 'ntunno a dduie a dduie"* ('The
chessman were walking about, two and two')—and from a
humble pawn becomes *'A Riggina Alice* (Queen Alice) at the
end of the story.

Certainly Alice experiences once again Deleuzes's *pure
becoming,*[9] not very different from that which we read about
in *Wonderland*—transformation, growth, overcoming of the
juvenile innocence and incoming adulthood, by the playful and
eloquent laws of the looking-glass reality, leading Alice
through unavoidable changes in her perception of reality.[10]

Either loyal or unfaithful, D'Ajello pursues her through the
looking-glass of the Neapolitan language and culture, and
settles some amazing mediations. Alice is *dint' 'a casa d' 'o
Specchio* ('in Looking-Glass house') and meets *'a Riggina
Rossa* ('the Red Queen') and *'o Rre Russo* ('the Red King'),
and *'o Rre Janco* ('the White King') and *'a Riggina Janca*
('the White Queen'). She comes to read *"Barbugliatone"*
(*"Jabberwocky"*):

Pe nu poco nce se spremette 'e ccerevelle, ma po le
s'appicciaie 'a luce. «Ma certo, è nu libbro Specchio! E

9   G. Deleuze (1990) *The Logic of Sense*, trans. Mark Lester, Columbia
University Press, New York.

10 Stefania Tondo (forthcoming) "Alice's Wonderland/Looking-Glass: from
Mirror to Surface Self-Creating and Unrestrained Worlds", Wonderland
Week at Homerton, Cambridge, 2015.

si 'o metto annanz' 'o specchio 'e pparole tornano n'ata vota adderitte».

E chesta era 'a puisia c'Alice liggette:

Barbugliatone

Assideciore 'e tasciò nzervatiello
*   vrialàrono 'o ciarluogno, teroccianno*
mutrìvuze; scamava lu scauciello
*   e 'o verduorco scasava starnuscanno [...]*

«Me pare bella assaie», dicette Alice quanno fernette 'e leggere, «ma è nu poco cumpricata 'a capi'!» (vedite ca nun le piaceva 'e cunfessa' manco a essa stessa ca nun êva capito manco na parola). «'E quacche manera pare comme si me vulesse régnere 'a capa cu certe idee... sulo che nun saccio buono qua' songo! Comunque sia, quaccheruno ha acciso quaccosa: ammacaro chesto è chiaro...»

She puzzled over this for some time, but at last a bright thought struck her. "Why, it's a Looking-glass book, of course! And, if I hold it up to a glass, the words will all go the right way again."

This was the poem that Alice read.

Jabberwocky

'Twas brillig, and the slithy toves
*   Did gyre and gimble in the wabe:*
All mimsy were the borogoves,
*   And the mome raths outgrabe [...]*

"It seems very pretty," she said when she had finished it, "but it's rather hard to understand!" (You see she didn't like to confess, even to herself, that she couldn't make it out at all.) "Somehow it seems to fill my head with ideas—only I don't exactly know what they are! However, somebody killed something: that's clear, at any rate—"

The famous nonsense poem is so difficult to understand and translate. Yet, the Neapolitan version is a successful achievement—"*Barbugliatone*"[11] is one of D'Ajello's most successful translations in the whole text and deserves a special place in the Neapolitan soul.

Next, after *'O ciardino d' 'e sciure vivente* ('the Garden of Live Flowers'), Alice meets the *Inziette annanz' 'o Specchio* ('the Looking-Glass Insects'): *nu Scarrafone* ('a Beetle') and *na Mosca Cavallina a Ddònnolo* ('a Rocking-Horsefly'). All of these constitute brilliant examples of loan-translation choices. *Cachisso* ('persimmon fruit'), on the other hand, takes the place of *hay* so that the C letter may provide an interesting equivalent for the H-pun in the source text.

And since everything has to turn from *n'aria stile ngrese* ('an English atmosphere') to Neapolitan, *plumcake* gets to be named *'a pizza doce* ('a sweet cake'), *ham sandwich* is turned into *Casatiello* (traditional Eastern bread) and *Punch and Judy* are *Pulecenella* and *Zeza* (references to the Neapolitan Carnival).

With this translation—a not-so-easy adventure because of the source text—one cannot help but wonder about the reasons for the enduring fame of Carroll's masterpieces, which evidently are not just for childhood but for all ages, for those who translate, illustrate, study Alice today, in light of the transcodification and remediation of these two most world-known Victorian texts,[12] with so much love and interest from

---

11 The *Jabberwocky* is known in Italian as *Ciciarampa* after Tim Burton's film *Alice in Wonderland*, Walt Disney Pictures, 2016.

12 See Z. Jaques and E. Giddens. (2013) *Lewis Carroll's "Alice's Adventures in*

students, readers, beholdres, scholars and artists confirming a never-ending interest and concern about the message coming from the two Alice books and keeping alive investigation about any possible answers.

Inevitably, the renowned poem by V. Starret comes to mind as possible answers for the international, long-lasting reputation of Carrol's Alice:

Alice, Where Art Thou?

Quaint child, old-fashioned Alice, lend your dream:
I would be done with modern story-spinners,
Follow with you the laughter and the gleam:
Weary am I, this night, of saints and sinners.
We have been friends since Lewis and old Tenniel
Housed you immortally in red and gold.
Come! Your naivete is a spring perennial:
Let me be young again before I'm old.
You are a glass of youth: this night I choose
Deep in your magic labyrinths to stray,
Where rants the Red Queen in her splendid hues
And the White Rabbit hurries on his way.
Let us once more adventure, hand in hand:
Give me belief again—in Wonderland![13]

I dare suggest a potential answer can be found in Alice's final Questions, a reminiscence of Shakespeare's notorious interrogation about the bound between dreams and reality:

Chi se l'ha sunnato? ... Nun è nu suonno 'a vita?
Which dreamt it? ... What is life but a dream?

Wonderland" and "Through the Looking-Glass". A Publishing History, Ashgate, Farham, Surrey.

13 In *Annotated Alice* (2000), ed. by M. Gardner, W W Norton & Co Inc, New York, p. 5.

Moving at pace with the stream of *Alice*'s world literature and art, inter alia with this other Neapolitan translation, Carrollian literature keeps on growing and feeding the impressive library of the Wonderland. Hopefully, it will enhance possible cultural meetings and give the possibility to build new bridges between literatures across the world, while strengthening the universal sense of the investigations concerning *Wonderland*'s and *Through the Looking-Glass*' eternal appealing. Virginia Woolf's words are worth recalling:

> …[T]he two Alices are not books for children; they are the only books in which we become children[…] it does not matter how old, how important, or how insignificant you are, you become a child again. To become a child is to be very literal; to find everything so strange that nothing is surprising; to be heartless, to be ruthless, yet to be so passionate that a snub or a shadow drapes the world in gloom. It is to be Alice in Wonderland.
>
> It is also to Alice Through the Looking Glass. It is to see the world upside down […]. Only Lewis Carroll has shown us the world upside down as a child sees it, and has made us laugh as children laugh, irresponsibly. Down the groves of pure nonsense we whirl laughing, laughing.[14]

Wandering joyfully, wrapped in a thoughtful lightness, in the field of world literature and art, from *'o Paese d' 'e Maraveglie* and *Attravierzo 'o specchio*, we cannot but reckon how Alice really turned to Naples!

Stefania Tondo
Naples, October 2018

---

14 Virginia Woolf, "Lewis Carroll", in R. Phillips (ed.) (1971) *Aspects of Alice. Lewis Carroll's Dreamchild as Seen through the Critics' Looking-Glasses 1865-1971*, Penguin, London, pp. 78–80.

Nota del traduttore

La sorpresa gioiosa dell'«*Award of Excellence*», che vinsi a New York nell'anno 2015 per la mia traduzione in lingua napoletana del capolavoro di Lewis Carroll *Alice's Adventures in Wonderland*. L'inattesa pubblicazione di questa mia opera realizzata l'anno dopo per la casa editrice Evertype a cura dell'importante editore Michael Everson, che si è detto deciso a stampare anche questa presente. L'autorevole incoraggiamento della carissima amica e ispiratrice Stefania Tondo, docente universitaria di letteratura inglese. La speranza di potere ancora contare sull'inestimabile dono delle illustrazioni dal nostro famoso artista Lello Esposito. La tranquillità offerta dal fondamentale sostegno tipografico garantito in Italia dall'abilissimo ed affettuoso editore Franco Di Mauro, che con Lello e me divise, per pari meriti, il prestigioso premio internazionale. La mia esperienza ormai pluriennale di traduttore di classici della letteratura mondiale nell'idioma di Partenope, iniziata venti anni fa con la versione de *Le avventure di Pinocchio* di Carlo Collodi, e proseguita fino ad oggi con quelle di *Le Petit Prince* di Antoine de Saint-Exupéry, di *A Christmas Carol* di Charles

Dickens, e di *The Adventure of the Red Circle*, di Sir Arthur Conan Doyle.

Sono questi i tanti, suadenti motivi che oggi mi hanno indotto a «profanare» anche questa seconda opera di Lewis Carroll, pseudonimo adottato dal reverendo Charles Lutwidge Dogson. Il lavoro è partito sulle ali del consueto ottimismo, rallentato ma mai vinto dalle ordinarie difficoltà, il cui superamento mi ha consentito di completare un'impresa di cui posso dirmi soddisfatto. Si vede che mi contento di poco!

I soli punti da chiarire – ragione di questa noterella – sono molto pochi, perché «oltre lo specchio» non mi sono imbattuto in albionici e impronunciabili gatti del *Cheshire* da trasformare in una più domestica *Gatta 'e zi' Maria*; né sono stato costretto a destreggiarmi con sconosciuti giochi di palle e bastoni come il *croquet*.

Anche in questo caso, alle prese col problema «*Jabberwocky*», penso di averlo risolto (come allora, spero) nel migliore dei modi: non solo coniando il «*Barbugliatone*», ma anche componendo una serie di stranissime parole, a imitazione di quelle inglesi, persino coerenti col fantastico racconto originale.

Come avrete capito, mi ritengo soddisfatto. Anche per essere riuscito a continuare l'impegno di riprodurre tutti gli altri testi in versi col massimo rispetto possibile in termini di rime e metrica, pur adattandola alla diversa sonorità del napoletano.

Assolutamente fedeli ai testi di Carroll sono le rese di tutte le altre sue poesie. Mi riferisco alle quartine dedicate a *Tweedledum* e *Tweedledee* (Dindillo e Dindullo) e a *Humpty Dumpty* (Uvicciullo), rispettivamente quarto e sesto capitolo, che traduco in endecasillabi con rime ora alternate ora baciate, e a quella ventina di distici che il personaggio oviforme scambia con Alice. Senza dimenticare la lunghissima ode «*I give thee all, I can no more*» (capitolo VIII), tradotta come «*Io te dongo tutto, e cchiù nun pozzo*», nella quale, come nell'originale, si alternano versi di diversa lunghezza: endecasillabi e settenari. Purtroppo, in questa così come in «The sun was shining…» (Capitolo IV, resa come «'O sole straluceva…»), il rispetto dei testi ha reso impossibile (accetto ogni sfida) rispettare anche le rime, che sono sporadiche e vaganti.

Insomma, è stato un duro lavoro, ma non privo di divertimento e soddisfazioni. Sarà la vetusta età a trovare diletto in questo genere di traguardi?

Roberto D'Ajello
Napoli, ottobre 2018

Translator's Note

The "Award of Excellence" I received in New York in 2015 for my translation into the Neapolitan language of Lewis Carroll's masterpiece *Alice's Adventures in Wonderland*, *L'Avventure d'Alice 'int' 'o Paese d' 'e Maraveglie* (Franco Di Mauro Editore, Naples 2002) and the unexpected publication by *Evertype Edition* (2016) surprised me most pleasantly. My long time experience with the Neapolitan translation of world classics started twenty years ago with *The Adventures of Pinocchio* and continued with *The Little Prince*, *A Christmas Carol*, *The Adventure of the Red Circle* and the two *Alice* books. The present translation of *Through the Looking-Glass* began with my usual optimism, at times I was slowed down, though never utterly defeated, by the usual complexity of Carroll's language. At the end of the day, however, I can feel pleased with what I have achieved, satisfied with the obstacles I overcame.

I thank my dear, inspiring friend Stefania Tondo, Associate Professor in English Literature at Suor Orsola Benincasa University, and Michael Everson, who encouraged me to bring forth this translation project and has now decided to publish it.

There are just a few points I need to clarify because in *Through the Looking-Glass*, unlike in the *Wonderland* translation, I did not have to deal with things like the arguably untranslatable *Cheshire-Cat* (I transformed it into the more appealing *Gatta 'e zi' Maria*); nor was I forced to juggle with an unfamiliar ball and stick game, *croquet*, turning it into *pallammaglio*.

For this translation, the only section of the text requiring linguistic evasion and a flight of fantasy is the most original, unintelligible poem Alice reads in Chapter I, one of the greatest of all the nonsense poems in English literature. Here, when compared to the Turtle and the Gryphon episode in *Wonderland*, puns and assonances go through the roof and are not faithfully translatable in the Neapolitan language. Nonetheless, grappling with the *Jabberwocky* issue, I reckon I solved it in the best possible way, mirroring the effort and the achievements of the former case in *Wonderland:* not only did I coin the new equivalent *Barbugliatone*, but also a series of strange words, imitating the English originals and harmonizing with the imaginative source text.

I feel satisfied with the rendition of the verses in Neapolitan, wherein I was able to respect rhyme and metre, even in the adaption of the source to the different sounds of the target language. I believe it to be the case with Tweedledum and Tweedledee's and Humpty Dumpty's quatrains, in Chapters IV and VI respectively, which I rendered in hendecasyllables with both alternate and couplet rhymes. The twenty couplets concerning Humty Dumpty and Alice exchange might constitute another interesting example, as well as the very long ode "*Io te dongo tutto, e cchiù nun pozzo* " (Chapter VIII, "*I give thee all, I can no more*"), in which, as in the original, verses of different length—hendecasyllables and septenaries—alternate. Unfortunately, in this latter poem something got lost in translation with regards to rhymes, as a consequence of their inconsistent occurrence in the original.

To sum up, is was quite a hard task, though not without fun and leisure. Lastly, I just wonder whether the joy I feel is due to either my attainment or my old age! Who knows?

Roberto D'Ajello
Naples, October 2018

Attravierzo 'o specchio e
cchello c'Alice ce truvaie

Innece

'O Petone Janco (Alice) joca, e vence cu ùnnece mosse.

RUSSO

JANCO

1. Alice d2 joca cu 'a Riggina Rossa

2. Alice d2–d3 (*cu 'o treno*)
   d3–d4 (*Dindillo e Dindullo*)
3. Alice d4 joca cu 'a Riggina janca
   (*cu 'o scialle*)
4. Alice d4–d5 (*puteca, sciummo,
   puteca*)
5. Alice d5–d6 (*Uvicciullo*)

6. Alice d6–d7 (*furesta*)
7. 'O Cavaliero Janco f5 x e7 magna
   'o Cavaliere Russo
8. Alice d7–d8 (*ncurunazzione*)
9. Alice addeventa riggina
10. Alice d8 arrocca (*bancariello*)
11. Alice magna 'a Riggina Rossa e
    vence 'a partita

1. Riggina Rossa e2–h5 quarta d' 'o
   Rre Russo
2. Riggina Janca c1–c4 (*dopp' 'o
   scialle*)
3. Riggina Janca c4–c5 (*addeventa
   pecura*)
4. Riggina Janca c4–f8 (*lassa l'uovo
   'ncimm'a nu stiglio*)
5. Riggina Janca f8–c8 (*vulanno da
   'o Cavaliero Russo*)
6. Cavaliero Russo g8–e7+ (*scacco*)
7. Cavaliero Janco e7–f5

8. Riggina Rossa h5–e8 (*esame*)
9. Castiello d' 'a Riggina
10. Riggina Janca c8–a6 (*zuppa*)

Dàtosi c’ ’o prublema d’ ’e scacche, esposto ncopp’ ’a paggena ’e primma, ha scunzertato quaccuno ’e chille ca se l’hanno liggiuto, è giusto spieca’ che isso è scritto buono pe chello che cuncerne ’e *mmosse*. Pô essere ca *l’alternanza* ’e Russo e Ghianco nun è respettata propio comme s’avess’ ’a fa’, e che ’o «castiello» d’ ’e tre Riggine è sulo na manera pe dìcere ca chelle songo trasute ’int’ ’o palazzo: ma ’o “scacco” d’ ’o rre Janco â mossa 6, ’a cattura d’ ’o Cavaliero Russo â mossa 7, e l’ùrdemo “scaccomatto” d’ ’o Rre Russo so’ gghiucate ca sarranno truvate, ’a tutte chille ca se pigliarranno ’o sfizio ’e sestema’ ’e piezze e ghiuca’ ’e mmosse comme s’è ditto, tutte allicchetto cu ’e rregule d’ ’o juoco.

Criatura cu 'sta fronte janca e serena,
    uocchio ncantato che 'a sunna' te mmita!
È overo, 'o tiempo corre comm'a treno
    e ce spàrtono ll'anne 'e meza vita,
ma 'sta resella doce accugliarrà
'o cunto che l'ammore mio te dà.

Nun aggio visto 'a faccella sbrennente,
    né aggio ntiso l'argiento d' 'a resella;
e s'io, ll'anne a bbeni', te vengo a mmente
    nun penzo ca pe te è na cosa bella—
Ma è certo ca nun me farraie suffri'
e che 'stu cunto mio starraie a senti'.

'A storia accumminciaie, tante juorne arreto,
    cu o' sole che cuceva 'int'a ll'està—
vatteva 'o tiempo 'o suono, cuoncio e quieto,
    d' 'o rimmo che muvive pe vuca'—
Ne sento ancora l'eco dint' 'o core,
ca nun se scorda 'a mùseca 'e ll'ammore.

Stamm'a senti': Po venarrà na voce
   c'ammenaccia tempesta, ca te stuta
dint'a nu lietto, sprùceta e feroce,
   na povera guagliona appucenuta!
'O viecchio è comm'a na criatura ca
'a sera nun se vulesse ji' a ccucca'.

Â via 'e fora: che gelo! 'a neve sciocca
   e nun vide cchiù niente, 'o buffettone
'e nu viento mpazzuto tozza 'mmocca—
   Dinto: 'o nido cucente d' 'o fucone.
E tu, pigliata dall'incantamiento,
te scuorde pure 'e rraffeche d' 'o viento.

E si pure nu poco 'e nustalgia
   se mpizza dint' 'a storia che mo va,
si pruvarraie nu triémmulo, pe vvia
   ca te mancasse 'a gloria dell'està,
sento ca nun c'è refola 'e dulore
ca t'impedisce d' 'a senti' de core.

CAPITOLO I

'A casa d' 'o Specchio

Na cosa era sicura: c' 'a miscella *janca* nun ce traseva pe nniente—'a corpa era tutta d' 'a miscella nera. 'A veretà, 'a miscella janca dint'a ll'ùrdemo quarto d'ora se steva facenno lava' 'o musso da 'a vecchia gatta (a ccunte fatte, senza fa' troppi storie), accussì stesso vuie putite vede' ch'essa nun avarria pututo mettere cianfa dint' 'o nguacchio.

Chist'era 'o sistema 'e Dina pe lava' 'o musso a 'e piccerille d' 'e suoie: pe primma cosa ncatastava 'o puveriello schiaffànnole na cianfa ncopp' 'a recchia, po cu ll'ata cianfa le sceriava tutt' 'o musso 'e contrapilo, partenno da 'o naso. E, comme ve stevo dicenno, essa steva facenno 'st'opera justo mo ncuoll' 'a miscella janca. Che rummaneva longa longa 'nterra senza se mòvere e cercanno 'e fa' 'e ffusa—sicuramente pecché era certa ch'era tutto p' 'o bbene suio.

Mmece, a miscella nera s'era spicciata apprimma, 'int' 'a cuntrora. Accussì, 'ntramente Alice se ne steva accucciuliata ncopp'a nu pizzo 'e divano, nu poco scapuzzianno e n'atu ppoco parlanno essa sola, 'sta miscella s'era misa a ppazzia' cu 'o gliòmmero 'e lana pettenata c'Alice s'era pruvata d'arravuglia'. E l'aveva fatto ruciulia' pe ccoppa e pe ssotto, nzi' a qquanno chisto s'era sgravugliato n'ata vota. E mo isso se ne steva llà, tutto nùreche e arravuoglie, stravinato ncopp' 'o tappetiello d' 'o fucone, cu 'a miscella pe ddinto ca se secutava 'a cora.

«Ah! Scugnizzella, scugnizzella!» alluccaie Alice, piglianno 'mbraccio 'a miscella e azzeccànnole nu vaso; ma piccerillo, pe le fa' capi' ca steva 'ndisgrazia. «'A veretà è che Dina t'avess' 'a avuto mpara' 'a bbona crianza! L'aviv' 'a fa', Dina, 'o ssaie che l'aviv' 'a fa'!» agghiognette, tenenno mente 'a vecchia gatta, p' 'a cazzia', e mettenno dint' 'a voce cchiù currivo che puteva. Po, s'arranfechiaie n'ata vota ncopp' 'a pultrona, purtànnose appriesso 'a miscella e 'a lana, e accumminciaie n'ata vota a arravuglia' 'o gliòmmero. Ma senza pressa, datosi che passava tutto 'o tiempo a chiacchiaria'; mo cu 'a miscella, mo cu essa stessa. E Muscella le steva assettata ncopp' 'e ddenocchie assaie cuntignosa, facenno abbede' ca teneva mente a 'o prucresso 'e ll'rravugliamiento, stennenno de vota 'nvota na cianfa, e tuccanno lieggio lieggio 'o gliòmmero, comme si fosse stata felice 'e ll'aiuta' si ne fosse stata capace.

10

«Muscella, 'o ssaie dimane che ghiuorno è?» accumminciaie Alice. «Si tu fusse stata affacciata â fenesta cu mme l'avisse anduvinato—sulo che Dina te steva danno na pulezzata, accussì nun ce putive sta'. I' stevo guardanno 'e guagliune c'aunàvano 'o llignamme p' 'o fucarazzo—e ce ne vô nu cuófeno 'e lignamme Muscella! Sulo che faceva nu tale friddo e careva tanta 'e chella neve c'hanno avut' 'a luva' mano. Ma nun ce penza', Muscella, quann'è dimane jammo a vede' 'o fucarazzo.» E cca Alice nturcigliaie duie o tre gire 'e lana 'ncann' 'a miscella, justo pe vede' comme pareva, ma succedette n'arrevuoto, pecché 'o gliòmmero jette a ferni' 'nterra, e metre e metre 'e filo se sgravugliàieno n'ata vota.

«'O ssaie, Muscella, ca me so' pigliata assaie còllera,» seguitaie Alice cunfromme s'assettàieno bellu bello n'ata vota, «quann'aggio visto 'o guaio ch'îve cumbinato. Pe ppoco nun arapette 'a fenesta e nun te cacciaie fora dint' 'a neve! E t' 'o mmeretave, cara scugnizzella! Che tiene 'a dìcere pe te scusa'? Ma mo statte zitta, famme parla' a mme,» seguitaie, aizanno nu dito. «Te voglio dìcere quante n'haie cumbinate. Nummero uno: stammatina hê alluccato ddoie vote quanno Dina te steva lavanno 'a faccia. Mo nun t' 'o puo' annija', Muscella: t'aggio ntiso! Che staie dicenno? (s'attiggiaie comme si 'a miscella stesse parlanno), t'ha nfizzato na cianfa dint'a ll'uocchio? Bene, è corpa toia, accussì te mpare a sta' cu ll'uocchie apierte—si 'e ttenive nzerrate, chesto nun succedeva. Ma mo nun truva' ati scuse e stamme a senti'. Nummero doie: te sî strascenata arreto Bianculella, tirànnola p' 'a cora, doppo ch'io l'êvo miso 'nnanze 'o piattino d' 'o llatte! Che dice, tenive sete? E che ne saie si nun teneva sete pur'essa? E mmo, nummero tre: prufittanno ch'io nun stevo guardanno, m'hê sgravugliato tutt' 'o gliòmmero 'e lana!»

«So' tre birbantarie, Muscella, e nun sî stata ancora casticata pe nisciuna 'e cheste. Tu 'o ssaie ca me stongo astipanno tutt' 'e castiche pe miercurì che vene—Penza nu poco si s'astipassero pure 'e castiche pe mme!» seguitaie a ddìcere, parlanno cchiù cu essa stessa che cu 'a miscella. «Che m' 'e cunzegnassero â fine 'e ll'anno? Pô essere che quanno vene 'o juorno me mannassero carcerata. Opuro—famme vede'—si ogne castico fosse chillo 'e te manna' a ccucca' senza cena: allora, quanno s'appresentasse 'sta jurnata pucundrosa io avess' 'a zumpa' cinquanta cene una botta! Sta bene, nun ce facesse troppo caso! È sempe meglio zumparle che magnarle tutte quante nzieme!»

«'A siente 'a neve 'nfacci' 'e llastre d' 'a fenesta, Muscella? Che bella museca doce! Propio comme si fora ce stesse quaccuno ca se va vasanno tutt' 'e feneste! M'addimanno si 'a neve vô *bene* all'arbere e â campagna, visto ca s' 'e vasa cu tant'ammore! E po, tu 'o ssaie, p' 'e ttene' càvere 'e ccummoglia cu na cuperta janca; e pô essere pure ca le dice: "Core mio, facìteve nu bellu suonno 'nzi' a quanno torna l'està'." E quanno, â staggione, se scétano, Muscella, se vestono tutte quante 'e verde, e quanno scioscia 'o viento se metteno 'abballa'—ma che bella cosa!» alluccaie Alice, facenno cade' 'o gliòmmero 'e lana pe vàttere 'e mmane, «E comme me piacesse che fosse overo accussì! Io so' sicura ca 'e vuosche se mòrono 'e suonno a ll'autunno, quanno 'e ffronne addeventano gialle.»

«Muscella, ma tu a scacche nce saie juca'? mo, carella mia, nun ridere, io sto parlanno seriamente. Pecché justo mo, quanno stévamo jucanno, tu ce tenive mente propio comme si 'o ccapive, e quann'io aggio ditto "Scacco!", tu te sî mmisa a ffa' 'e ffusa! Bene, chill'era nu scacco 'e primma qualità, Muscella, e i' avesse venciuto sicuro si nun fosse stato pe chillu fetente 'e Cavaliere, ch'è sciso 'e renza mmiez' 'e piezze mieie. Cara Muscella, facimmo abbede'…» E cca io ve vulesse cunta' sulo 'a mmità d' 'e ccose c'Alice era sòleta dìcere, doppo ch'êva accumminciato cu 'a frase ca cchiù le piaceva: "Facimm' abbede'.» Sulo 'o juorno primma essa êva avuto cu 'a sora na discussione ca nun ferneva maie; e tutto pecché Alice êva accumminciato dicenno: «Facimm' abbede' ca nuie sîmmo re e rriggine»; e 'a sora, ca le piaceva d'essere tutta punte e virgule, l'aveva risposto ca nun se puteva fa', visto che loro erano sulamente ddoie. E a ll'urdemo Alice êva fernuto pe cuncrudere: «Sta buono, *tu* puo' fa' uno 'e lloro e *i'* farraggio tutte quante ll'ate.» E na vota aveva fatto fottere 'e paura 'a vecchia balia alluccànnole dint' 'a recchia, a ll'intrasatta: «Balia! Facimmo abbede' ca io so' na iena morta 'e famma, e tu sî n'uosso!»

Ma però cu cchesto ce sîmmo alluntanate da 'o descurzo d'Alice â miscella. «Facimm' abbede' ca tu sî 'a Riggina

Rossa, Muscella! 'O ssaie? Si tu te miette assettata e ncruce 'e bbraccia 'mpietto, tu pare tale e quale a essa. Pruóvace, carella!» E Alice pigliaie 'a Riggina Rossa 'a copp' 'a tavula e 'a mettette annanz' 'a miscella comm'a nu mudello p' 'o cupia'. Ma 'a cosa nun succedette. Pe primma cosa, dicette po Alice, pecché 'a miscella nun vulette chieija' buono 'e bbraccia. Accussì essa, p' 'a castica', l'aizaie annanz' 'o Specchio, accussì puteva vede' comme steva ngrugnata, «—e si nun te puorte buono prim' 'e mo, agghiognette, te votto dint' 'a casa d' 'o Specchio. Che te ne pare?»

«Mo Muscella. Si 'mmece 'e fa' tanti chiàcchiere me daie nu poco 'audienza, te dico chello che penzo ncopp' 'a Casa d' 'o Specchio. Pe primma cosa ce sta 'a càmmara che tu puo' vede' attravierzo 'a lastra, che è tale e quale a 'o salotto nuosto, sulo ch' 'e ccose stanno tutt' 'o ccuntrario. Io pozzo vede' tutte cose quanno saglio ncopp' 'a seggia—tutto, 'a fora c' 'o pezzullo aret' 'o fucone. Oh! Comme me *piacesse* 'e vede' chillu pezzullo! Vularria tanto sape' si 'e vierno appicciano 'o ffuoco: nun 'o puo' maie capi', 'o ssaie, 'a fora 'e quanno fumma 'o ffuoco nuosto. Pecché allora saglie pure 'o fummo dint'a cchella càmmara—ma pô essere che fanno 'a cummeddia, justo pe fa' abbede' ca tèneno 'o ffuoco pure lloro. E po, pure 'e libbre so' nu poco comm' 'e libbre nuoste, sulo ca 'e pparole vanno d' 'a parta sbagliata. Chesto 'o ssaccio pecché aggio accustato a 'a lastra uno d' 'e libbre nuoste e loro subbeto me n'hanno accustato uno dint'a ll'ata stanza.

«Quanto te piacesse 'e campa' 'int' ' Casa d' 'o Specchio, Muscella? M'addimanno si llà te dessero 'o llatte. Pô essere c' 'o latte d' 'o Specchio nun è buono pe bbévere—ma oh, Muscella! mo sîmmo arrivate a 'o curreturo. Tu puo' mena' sulo n'uocchio a 'o curreturo d' 'a Casa d' 'o Specchio, sempe che lasse spaparanzata 'a porta d' 'o salotto nuosto: e cchillo, pe chellu ppoco ca se pô vere', è quase tale e quale a 'o curreturo nuosto, ma chi 'o ssape si po cchiù annanze è tutto

'e n'ata manera. Oh Muscella, comme sarria bello sulo si
putéssemo passa' dint' 'a Casa d' 'o Specchio! Io so' sicura ca
ce stanno nu cuófeno 'e cose belle! Facimm'abbede' ca, stuorto
o muorto, ce stesse na via pe trasi' lloco ddinto, Muscella.
Facimm'abbede' c' 'a lastra s'è fatta lasca comm' 'a neglia,
che nuie 'a putimmo passa' 'a na parte all'ata. 'O bbi', mo sta
addeventanno na specie d'acquazza, t' 'o dich'io! Passa' 'a
chell'ata parte sarrà na pazziella.» E 'ntramente diceva 'sti
ccose, Alice se truvaie ncopp' 'a mènzula d' 'o fucone, senza
manco sape' comme c'era arrivata. 'O ccert'è c' 'a lastra steva
overo accummincianno a s'allasca, justo comme na lucente
neglia 'argiento.

Manco nu minuto doppo essa se truvava già 'a ll'ata parte d' 'a lastra e era zumpata leggia leggia dint' 'a càmmara d' 'o Specchio. 'A primma cosa che facette fuie chella 'e vede' si ce steva 'o ffuoco 'int' 'o fucone, e fuie tutta cuntenta addunànnose ca ce ne steva uno vero, c'abbampava sbrennente comm'a chillo ca s'êva lassato arreto. «Accussì cca starraggio càvera comme stevo 'int' 'a vecchia càmmara», penzaie Alice, «anze, ancora 'e cchiù, pecché cca nun venarrà nisciuno a m'allucca' pe me fa' sta' luntana da 'o ffuoco. Oh che spasso sarrà quanno lloro me vedarranno cca, dall'ata parte d' 'a lastra, e nun me putarranno afferra'!»

Allora, s'accumminciaie a guarda' attuorno e s'addunaie ca tutto chello che se puteva vede' da 'a vecchia càmmara era urdinario e nun ne valeva 'a pena, ma che tutto 'o riesto era tanto devierzo ca cchiù nun se puteva. Comme fosse ca 'e quatre appise a 'o muro, vicin' 'o ffuoco, parevano essere tutte vive, e perzino 'o rilorgio ncopp' 'a menzola d' 'o fucone (comme sapite, dint' 'o Specchio vuie ne putite vede' sulo 'a parte 'e reto) teneva 'a faccia 'e nu vicchiariello, e 'a teneva mente cu nu pizzo a rriso.

«'Sta càmmara nun 'a tèneno sistimata buono comm'a ll'ata,» penzaie Alice 'ncap'a essa, comme vedette mmiez' 'a cénnere d' 'o fucone paricchie piezze d' 'e scacche. Ma nu mumento doppo, cu nu «Oh!» piccerillo 'e maraveglia, se mettette a qquatto gamme pe guarda' buono. 'E piezze d' 'e scacche stévano cammenanno 'ntunno, a dduie a dduie.

«Cca ce stanno 'o Rre Russo e 'a Riggina Rossa,» dicette Alice (avascianno 'a voce pe paura 'e ll'allarma'), «e ce stanno pure 'o Rre Janco e 'a Riggina Janca, assettate ncopp' 'o buordo d' 'a palella—e cca ce stanno doie Torre ca se ne vanno a bbraccetto—nun credo ca me pônno senti',» seguitaie a ddìcere, acalànno 'a capa, «e so' quase sicura ca nun me pônno vede'. Me pare comme s'i' fosse addeventata mmesìbbele—»

A 'stu mumento ncopp' 'a tavula, addereto a Alice, accumminciaie a pijula' quaccosa, ca le facette avuta' 'a capa, justo 'ntiempo pe vede' uno d' 'e Petone Janche ruciulia' e abbia' a tira' càuce; e essa 'o guardaie cu curiusità pe vede' aroppo che sarria succieso.

«È 'a voce d' 'a figlia mia!» alluccaie 'a Riggina Janca, e currette 'e fretta e ffuria, passanno adderet' 'o Rre, cu na tale foja c' 'o sbalanzaie mmiez' 'a cénnere. «Preziosa Lily! Miscella mperiale!» e accumminciaie a s'arranfechia' a scapizzaccuollo p' 'o buordo d' 'o parafuoco.

«Scemulella mperiale!» lebbrecaie 'o Rre, allisciànnose 'o naso sciaccato p' 'a caruta. Teneva tutto o deritto 'e sta' nu poco ncazzato cu 'a Riggina pecché s'era enchiuto tutto quanto 'e cénnere da 'a capa a 'o pere.

Alice spereva d'essere utele e, visto che a cchella puverella 'e Lilly le steva venenno na mossa, afferraie 'e corza 'a Riggina e 'a pusaie ncopp' 'a tavula, 'e canto a chella scassambrella d' 'a figlia.

'A Riggina s'assettaie abbascanno: chillu viaggio spicciativo pe ll'aria l'êva muzzato 'o sciato, e pe nu paro 'e minute nun putette fa' ato che magnarse cu ll'uocchie 'a figliarella, senza arriva' a ddìcere manco na parola. Ma comme repigliaie nu poco sciato, essa alluccaie a 'o Rre Janco, ca steva assettato dint' 'a cénnere tutto ngrugnato: «Statte accorto a 'o vurcano!»

«Qua' vurcano?» addimannaie 'o Rre, guardanno 'o ffuoco cu apprenzione, comme si avesse penzato ca chillo era 'o meglio posto pe ne pute' truva' uno.

«Chillo che m'ha—arrutecato—cca ncoppa,» abbascaie 'a Riggina, ca se senteva ancora manca' 'o sciato. «Vide 'e sagli' ncoppa—p' 'a via—justa. Nun te fa' rezuca'!»

18

Alice tenette mente 'o Rre Janco che s'affannava a sagli'
chianu chiano, sbarra doppo sbarra, ma po le dicette: «Ma 'e
'sta manera nce mettarraie ore e ore pe sagli' ncopp' 'a tavula.
Nun sarria meglio si te desse na mana io?» 'O Rre nun 'a dette
propio audienza: era chiaro ca nun 'a puteva né senti', né
vede'.

Accussì Alice 'o pigliaie 'mmano doce doce e 'o sullevaie nu
poco cchiù chiano 'e comme aveva fatto cu 'a Riggina, pe nun
muzza' 'o sciato pure a isso; ma primma d' 'o pusa' ncopp' 'a
tavula penzaie buono d' 'o pulezza' nu poco, visto ca steva
cupierto 'e cénnere.

Tiempo doppo, Alice cuntaie che dint' 'a vita soia nun aveva
visto maie na faccia comm'a cchella ch'êva fatta 'o Rre quanno
s'era sentuto aiza' pe ll'aria 'a na mana mmesìbbele e, pe
gghionta, pulezzato: era troppo stencenato pe pute' allucca',
ma ll'uocchie e 'a vocca le se sguarravano sempe 'e cchiù, nzi'
a quanno 'a mana d'Alice, tanto d' 'e rrise, accumminciaie a
tremma'; tanto c' 'o steva facenno care' 'nterra.

«Caro mio, t' 'o ccerco *pe ppiacere*, nun fa' 'sti facce!» alluccaie essa, scurdànnose ca 'o Rre nun 'a puteva senti'. «Me faie schiatta' tanto d' 'e rrisa, ca m'è difficele sustenerte! E nun rummane' cu 'sta vocca sguarrata! Te trase tutt' 'a cénnere â parte 'e dinto—'O bbi', penzo che mo staie abbastantamente pulezzato,» agghiognette, sistimànnole 'e capille e pusànnolo ncopp' 'a tavula 'e cant'â Riggina.

'O Rre carette subbeto a ppanz'a ll'aria e rummanette accussì; e Alice se mettette nu poco appaura pe chello c'aveva fatto, e currette tuorno tuorno p' 'a càmmara pe vede' si truvava nu poco d'acqua pe ce 'a mena' ncuollo. Ma pe quanto facesse, nun truvaie ato ca na buccetta 'e gnosta, e quanno turnaie arreto, purtànnola appriesso, truvaie ca chillo s'era repigliato, e che isso e 'a Riggina stevano parlanno zittu zitto, muorte 'e paura. E parlavano accussì chiano c'Alice arrivaie a stiento a capi' chello ca se stévano ricenno.

'O Rre diceva: «Te l'assicuro, cara mia, me so' sentuto alleppechi' 'nfin' 'a ponta d' 'e mustacce!»

E 'a Riggina allebbrecava: «Ma tu nun tiene nisciuno mustaccio!»

«'O schianto 'e chillu mumento,» seguitava 'o Rre, «nun m' 'o putarraggio maie scurda'. Maie!»

«Io, mmece, penzo che sì,» diceva 'a Riggina, «si tu nun ne piglie nota.»

E Alice fuie assaie nteressata a vede' 'o Rre che cacciava 'a dint' 'a sacca nu libbretto pe note bello gruosso e accumminciaie a scrivere. Allora a essa le venette subbeto na bella penzata, e afferraie cu 'e ddete 'a cimma d' 'o làppese, c'agghiettava 'a copp' 'e spalle d' 'o rre, e abbiaie a scrivere ô posto suio.

'O povero Re facette n'aria frasturnata e affritta, e pe nu poco cumbattette cu 'o làppese senza dìcere niente; ma Alice era troppo forte pe isso, c'a la fine abbascaie: «Cara mia, overo m'aggi' 'a prucura' nu làppese cchiù suttile. Chisto nun l'arrivo a guverna': scrive nu cuófeno 'e cose ch'io nun tengo nisciuna ntenzione—»

«Che specie 'e cose?» addimannaie 'a Riggina, guardanno ncopp' 'o libbretto (addó Alice êva scritto: «*'O Cavaliere Janco sta sciulianno 'a copp'a ll'attizzafuoco. Se tene p'opera e virtù d' 'o Spiritussanto*»). «Ma cheste nun songo 'e nnote 'e chello che pruove tu!»

Ce steva nu libbro pusato ncopp' 'a tavula abbicino a Alice, e essa, 'ntramente seguitava a smiccia' 'o Rre Janco (pecché steva ancora nu poco 'napprenzione pe isso, e teneva a ppurtata 'e mano 'a gnosta pe ce 'a vutta' 'nfaccia si le veneva n'ato sturzillo), avutava 'e ppagene pe truva' quacche parte che puteva leggere, «—pecché è scritto tutto 'e na lengua ch'io nun cunosco,» penzaie 'ncapa a essa.

Era accussì:

Barbugliatone

Assidecióre 'e tasció nzervatiello
urnalàrono 'o ciarluogno, ferocciamno
mattrùvze; scammaua lu scauciello
e 'o verduorco scasaua starmuscamno.

Pe nu poco nce se spremette 'e ccerevelle, ma po le s'appicciaie 'a luce. «Ma certo, è nu libbro Specchio! E si 'o metto annanz' 'o specchio 'e pparole tornano n'ata vota adderitte.»

E chesta era 'a puisia c'Alice liggette:

Barbugliatone

Assideciore 'e tasciò nzervatiello
  vrialàrono 'o ciarluogno, teroccianno
mutrìvuze; scamava lu scauciello
  e 'o verduorco scasava starnuscanno.

«Statte accuort' 'o Barbuglio, figlio mio!
  cu 'e gganasse e cu ll'arpe ancappatutto!
Statte accuorto all'auciello 'Abboneddio
  e scanza 'o Bannercerto fummasciutto!»

Isso afferra 'o spatone vulparulo:
  cerca a lluongo 'o nemico cummannuso—
e all'arbero 'e Panzella, sulo sulo,
  resta, pe nu mumento, penzaruso.

E cca 'ntramente stace a ppenza' male,
  Barbugliatone cu l'uocchio fucuso,
s'abboffa dint' 'o vuosco turriacale
  e se fa annanze, sempe cchiù speciuso!

Unò, dué! Unò, dué! Cchiù e cchiù,
  'o spatone vurpato fa marenna!
'O lassa muorto, e cu 'a capa 'e munzù
  se torna arreto, cammenanno a vvrenna.

«All'urdemo tu accide 'o Barbuglione!
  Curre 'int' 'e bbraccia meie, guaglione ardente!»
Callò! Callaie! Che ghiurnata a llippone!
  'A resatella è nu recrio nnucente.

Assideciore 'e tasciò nzervatiello
  vrialàrono 'o ciarluogno, teroccianno
mutrìvuze; scamava lu scauciello
  e 'o verduorco scasava starnuscanno.

«Me pare bella assaie,» dicette Alice quanno fernette 'e leggere, «ma è nu poco cumpricata 'a capi'!» (vedite ca nun le piaceva 'e cunfessa' manco a essa stessa ca nun êva capito manco na parola). «'E quacche manera pare comme si me vulesse régnere 'a capa cu certe idee—sulo che nun saccio buono qua' songo! Comunque sia, *quaccheruno* ha acciso quaccosa: ammacaro chesto è chiaro…»

«Gué!» penzaie Alice facenno nu zumpo, «cca si nun me spiccio va a ferni' c'aggi' 'a turna' a ll'ata parte d' 'o Specchio primma c'aggio visto comm'è 'o riesto d' 'a casa! Tanto p'accummincia', dammo primma n'uocchio ô ciardino!» E subbeto ascette fora d' 'a càmmara e scennette 'e scale 'e corza—o, ammacaro, nun era na corza vera e propia, ma—comme se dicette Alice—na nvenzione nova pe scénnere 'e scale 'int' 'a niente e a uocchie nchiuse. L'abbastaie 'e pusa' 'e pponte d' 'e ddete ncopp' 'a ringhiera, e unniaie doce doce abbascio, senza manco tucca' 'e ggrare cu 'e piere. Po unniaie attravierzo 'o salone, e sarria asciuta â stessa manera deritto deritto p' 'a porta si nun se fosse afferrata a 'o stàntero. Doppo tanto unnia', l'avutava nu poco 'a capa, e nun le parette vero 'e pute' cammena' n'ata vota comm'a ssempe.

C A P I T O L O   I I

'O ciardino
d' 'e sciure vivente

«S'io ngarrasse a arriva' 'ncimm'a cchella cullina,» dicette Alice 'ncap'a essa, «putarria vede' cchiù meglio 'o ciardino. E chesta viarella porta justo llà ncoppa—pô essere— no, nun è accussì—» (pe tramente essa êva cammenato pe quacche metro, passanno pe nu cuófeno 'e curve astrente), «però, penzo ca primma o doppo essa ce arriva. Ma comme càspeta se nturciglia! Pare cchiù nu tirabbusciò che na viarella! Però io crero c'addereto 'a 'sta vutata ce avess' 'a sta' 'a cullina—'O che! nun ce sta! Chesta me porta n'ata vota arreto, â via d' 'a casa! Sta bbuono, se vede che allora aggi' 'a cerca' 'e truva' n'ata strata.»

E accussì facette: sbarianno pe coppa e pe sotta, e pruvanno na curva dopp'a n'ata. Ma, pe quanto faceva, se truvava sempe a turna' sott' 'a casa. Adderittura na vota, comme avutaie l'angulo nu poco cchiù 'e corza, le tuzzaie 'nfaccia primma 'e s'arriva' a ferma'.

2 5

«Nun se ne parla propio,» dicette Alice, smiccianno 'a casa e facenno abbede' c'arraggiunava cu essa. «Ancora nun è ora 'e turna' arreto. 'O ssaccio, i' avess' 'a passa' n'ata vota 'o Specchio—turna' dint' 'a vecchia càmmara—ma llà sarria 'a fine 'e tutta 'st'avventura!»

Accussì, ntustaie 'e piere 'nterra, avutaie 'e spalle â casa e turnaie n'ata vota ncopp' 'a viarella, arresoluta a gghi' annanze nzi' a ncopp' 'a cullina. Pe quacche menuto jette tutto a cciammiello, e Alice steva justo pe ddìcere «'Sta vota ce 'a stongo facenno—» quanno, tutto 'nzieme, 'a viarella avutaie e se tuculiaie sana sana (comm'essa cuntaie arroppo), e nu siconno doppo Alice se truvaie ca cammenava n'ata vota mmerz' 'a porta.

«Ma chesta è ccosa 'asci' pazze!» alluccaie. «Nun aggio maie vista na casa comm'a chesta, ca se mpizza sempe annanz' 'e piere! Maie!»

Cu tutto chesto, 'a cullina steva sempe 'ntridece, accussì nun restava ato che parti' pe n'ata vota ancora. E cchesta vota essa arrivaie annanz'a nu ciardeniello, cu na burdura 'e margarite e cu nu sàlece ca spiccava justo 'mmiezo.

«Oh Giglio tigrato!» dicette Alice, avutànnose a nu sciore ca se cunnuliava tantu bbellillo dint' 'o viento, «comme vularria ca tu putisse parla'!»

«Ma i' *pozzo* parla',» dicette 'o Giglio tigrato, «sempe ca se tratta 'e parla' cu quaccheduno ca ne vale 'a pena.»

Alice se facette tanta maraveglia ca pe nu minuto nun ngarrava cchiù a ddìcere na parola: pareva quase ca le mancasse 'o sciato. Ma po, 'ntramente 'o Giglio tigrato seguitava a se cunnulia', parlaie n'ata vota, cu na vucella miccia miccia—quase nu vesbiglio: «Ma 'e sciure parlano tutte quante?»

«Accussì buono comm'a te,» dicette 'o Giglio tigrato. «E pure cu na voce cchiù forte.»

«Hê 'a sape',» dicette 'a Rosa, «che pe nnuie nun sta bbuono parla' pe pprimme, accussì io stevo overo speruta ca tu arapive 'a vocca. Dicevo 'ncap'a me: "Chesta 'e faccia me pare bunarella, pure si nun è una scetata!" E po, tu tiene 'o culore justo; e cchesta è 'a primma cosa.»

«A mme d' 'o culore nun me ne passa manco p' 'a capa,» ce tenette a ddìcere 'o Giglio tigrato. «Ma si chesta tenesse 'e pétale nu poco cchiù arricciate sarria preffetta.»

A Alice nun le piaceva d'essere critecata, accussì accumminciaie a fa' dimanne: «Ma vuie nun ve mettite appaura a resta' nchiantate lloco, senza che niscuno se piglia penziero 'e vuie?»

«Ce sta n'arbero llà 'mmiezo,» dicette 'a Rosa. «Serve pe quacc'ata cosa?»

«Ma isso che pô fa' si vene 'a malaparata?» addimannaie Alice.

«Pô gualia',» dicette 'a Rosa.

«Isso pô fa "Caì, caì"!» alluccaie na Margarita. «Pecchesto tene 'e ffrasche ca se chiàmmano chiagnente!»

«Nun 'o ssapive?» alluccaie n'ata Margarita. E a 'stu mumento se mettettero a strilla' tutte nzieme, 'nfi' a quanno l'aria parette chiena 'e vucelle zerriante. «Stàteve zitte tutte quante!» alluccaie 'o Giglio tigrato, tuculiànnose comm'a nu pazzo 'a na parte all'ata, e tremmanno p' 'o currivo. «Sanno ca nun 'e ppozzo anchiappa'!» abbascaie, chiejanno â parte d'Alice 'a capa che sparpetiava, «ca sinò nun s'azzardassero.»

«Nun da' aurienza!» dicette Alice, cercanno' 'e vutta' acqua ncopp' 'o ffuoco. E acalànnose ncopp' 'e mmargarite, ca stévano accummincianno n'ata vota comm'a pprimma, vervesiaie: «Si nun tenite 'e llengue a pposto, ve scippo 'a dint' 'o tturreno pe quante ne site!»

Sùbbeto se facette silenzio, e na bona parte d' 'e margarite se facèttero, 'a rosa, janche.

«Accussì va bbuono!», dicette 'o Giglio tigrato. «'Sti margarite so' 'e ppeggie. Quann'uno parla accumménciano tutte nzieme a fa' n'ammuina tale ca te fanno ammali'.»

«Comm'è che vuie sapite parla' accussì buono?» addimannaie Alice, speranno d' 'o tira' ncoppa cu nu cumplimento. «Apprimma i' so' stata 'int'a nu cuófeno 'e ciardine, ma nun ce steva manco nu sciore che sapeva parla'.»

«Acala 'a mana e attasta 'o tturreno,» dicette 'o Giglio tigrato, «Accussì capisce 'o ppecché.»

Alice 'o stette a sèntere. «È assaie tuosto,» cunchiudette, «ma nun capisco chesto che ce azzecca.»

«Dint'a quase tutte 'e ciardine,» dicette 'o Giglio tigrato, «fanno 'e liette troppo muolle—accussì ca 'e sciure stanno sempe addurmute.»

Pareva overo na bbona raggione, e Alice fuie assaie cuntenta 'e s' 'a mpara'. «Nun ce avevo maie penzato apprimma,» dicette.

«Pe cchello ca me pare 'e capi', tu sî una ca nun penza maie a nniente,» dicette 'a Rosa cu n'aria tosta.

«E io nun aggio visto maie a nisciuna ca pareva cchiù scema,» se n'ascette na Viuletta, accussì nzicco c'Alice facette nu zumpo; pecché chesta nun êva ancora parlato apprimma.

«Ciùncate 'a lengua!» cumannaie 'o Giglio tigrato. «Comme si tu avisse maie visto quaccuno! Tu staie sempe a runfa' cu 'a capa sott' 'e fronne. 'E chello che succere ncopp' 'a faccia d' 'a terra tu ne saie meno 'e chello che pô canóscere nu bucciuolo!»

«'A fora 'e me, dint' a 'stu ciardino, ce sta ata gente?» addimannaie Alice, ntenziunata 'e passa' ncoppa all'urdema asciuta d' 'a Rosa.

«Dint' 'o ciardino nce sta sulo n'atu sciore che pô ghi' nzunzulianno comm'a te,» dicette 'a Rosa, «e m'addimanno tu comme faie—» («Tu t'addimanne sempe quaccosa,» cummentaie 'o Giglio tigrato), «ma tene cchiù fronne 'e te.»

«Ma è comm'a mme?» addimannaie Alice, cellecata d' 'a penzata ca l'era passata pe ccapa. «Allora dint' 'o ciardino ce sta n'ata guagliona comm'a mme!»

«Be', chella tene 'a stessa aria quèquera toia,» dicette 'a Rosa, «ma è cchiù grossa—e me pare ca tene 'e pétale cchiù curte.»

«'E pporta cchiù astrinte ncoppa, comm'a na dalia,» dicette 'o Giglio tigrato, «e nno che le scénnono tuorno tuorno comm' 'e tuoie.»

«Ma nun è corpa *toia*,» agghiognette cu 'a bbona manera 'a Rosa, «tu te staie accummincianno a appassulia', 'o ssaie—E quann'è accussì nun se pô scanza' nu poco 'e mbruoglio d' 'e pétale.»

A Alice 'stu penziero nun le piacette pe niente. Accussì, tanto pe cagna' descurzo, addimannaie: «Ma chesta ce vene maie cca?»

«I' penzo c' 'a putarraie vede' ampressa,» dicette 'a Rosa, «e, tanto pecché tu 'o ssaie, è una 'e chelle ca tèneno nove ponte.»

«E addó 'e pporta?» addimannaie Alice, nu poco curiosa.

«Ma tutt' 'attuorn' 'a capa, è naturale!» risponnette 'a Rosa. «E me faccio maraveglia ca nun 'e ttiene pure tu. I' penzo ca chesta avess' 'a essere 'a regula.»

«Sta arrivanno!» alluccaie 'a Speronella. «Sto sentenno 'o rummore d' 'e passe—tump, tump—ncopp' 'o vreccillo d' 'a viarella.»

Alice se guardaie sùbbeto attuorno e s'addunaie ca se trattava d' 'a Riggina Rossa. «Comme s'è fatta grossa!» fuie 'o primmo penziero. E cchesto era overo: quanno Alice l'êva ncuntrata p' 'a primma vota 'int' 'a cénnere, chella nun era cchiù longa d'otto centìmmetre—e mo era cchiù àuta d' 'a stessa Alice 'e na meza capa!

«È l'aria fresca c'ha fatto 'o miraculo,» dicette Alice, «cca fora ce sta n'aria fina ch'è 'a fine d' 'o munno.»

«Sto penzanno che mo 'a vaco 'ncontro,» dicette Alice. Pecché, pe quanto 'e sciure pônno essere nteressante, essa penzaie che parla' cu 'a Riggina era tutta n'ata cosa.

«Nun è propio cosa,» dicette 'a Rosa, «te cunziglio 'e cammena' pe tutta n'ata derezzione.»

A Alice 'stu cunziglio le parette na fessaria, accussì nun dicette manco na parola e s'avviaie senza perdere tiempo a ll'incontro d' 'a Riggina Rossa. Ma rummanette comm'a na locca pecché 'a perdette sùbbeto 'e vista, e se truvaie a ccammena' n'ata vota annanz' 'a porta d' 'a casa.

Nu poco nquartata turnaie arreto. E ccchesta vota, dopp'èsserse guardata attuorno pe truva' 'a Riggina (c'a la fine accumparette nu poco cchiù luntana), penzaie buono 'e pruva' chill'atu sistema 'e cammena' 'nderezzione cuntraria.

E ghiette na maraveglia. Nun êva cammenato manco pe nu menuto ca se truvaie faccia a faccia cu 'a Riggina Rossa. E pròpeto annanz' 'a chella cullina che s'era sfurzata tanto p' 'a pute' arriva'.

«'A do' viene?» addimannaie 'a Riggina, «e addó staie jenno? Guàrdame 'nfaccia, parla chiaro e nun ghiuculia' tutt' 'o tiempo cu 'e ddete.»

Alice stette a sèntere tutte chesti raccumannazzione e spiecaie, meglio che puteva, ch'êva perzo 'a via soia.

«I' nun arrivo a capi' tu che vuo' dìcere quanno parle d' 'a via *toia*,» dicette 'a Riggina, «dàtosi ch' 'e strate pe cca attuorno songo tutte d' 'e *mmeie*—Comunque sia, ma tu mo pecché sî venuta â parte 'e cca?» agghiognette cu nu tono cchiù aggraziato. «Pe tramente pienze a chello che m'hê 'a rispónnere, famme l'inchino, accussì sparagne tiempo.»

Alice se maravigliaie nu poco a 'st'asciuta, ma teneva troppa suggezzione d' 'a Riggina pe nun credere a chello ch'essa diceva. «Ce pruvarraggio quanno torno â casa,» penzaie 'ncap'a essa, «è 'a primma vota che faccio tarde p' 'a cena.»

«Però mo è tiempo ca tu me rispunne,» dicette 'a Riggina, guardanno 'o rilorgio, «e quanno parle hê 'a arapi' nu *poco* cchiù 'a vocca, e m'hê 'a dìcere sempe "Vostra Maestà".»

«I' vulevo sulamente vede' comm'era 'o ciardino, Vostra Maestà—»

«Sta buono,» dicette 'a Riggina, chiavànnole na scoppola, che nun ghiette propio a ggenio a Alice, «pe quanto, quanno tu dice "ciardino"—io aggio visto ciardine c'appietto a lloro chisto è nu desierto.»

Alice nun 'a vuleva cuntraria' ncopp'a 'stu punto, ma seguitaie: «—e po i' me vulevo pruva' 'a truva' 'a via p' 'a cimma d' 'a cullina—»

«Quanno tu dice "cullina",» 'a fermaie 'a Riggina, «*io* te putesse fa' vede' cierti cculline che, 'nparavone, tu a cchesta cca 'a chiamasse vallunciello.»

«Ma quanto maie!» scrammaie Alice, surpresa essa stessa c'a la fine l'hêva cuntrastata: «na cullina nun *pô* essere na valle, 'o ssapite. Chisto sarria n'ircuciervo—»

A Riggina Rossa scutuliaie 'a capa: «'O può pure chiamma' ircuciervo, si te fa piacere,» dicette, «ma *io* aggio ntiso cierte ircucierve appiett' 'e quale chisto te pararria accussì commilfó comm'a nu dezziunario.»

Alice facette n'ata alleverènzia, pecché da 'o tono d' 'a Riggina teneva paura ca s'era nu *poco* uffesa, e cammenàieno senza dìcere cchiù na parola, nzi' a quanno nun erano arrivate 'ncimma â cullinetta.

Pe quacche menuto Alice rummanette muta, guardanno a campagna attuorno—e se trattava 'e na campagna curiosa overo. Ce stévano nu bello nummero 'e lavarelle suttile e deritte che l'attraverzavano 'a na parte all'ata, e 'o tturreno ca le steva 'mmiezo era spartuto, a furma' tanta quatre, pe mmiezz' 'e tanti sseparelle verde, che ghievano 'a na lavarella a n'ata.

«Io dico ca è spartuto propio comm'a na grossa scacchiera!» se n'ascette Alice a la fine. «Ce vulesse sulo quacch'ommo ca se muvesse pe llà attuorno—ma ce ne stanno!» agghiognette tutta cuntenta, e 'o core l'accumminciaie a sbattere p' 'a passione, via via che ghieva annanze. «È n'enorme partita a scacche ca se sta accumminciamo a gghiuca'—pe tutt' 'o munno—sempe che chisto fosse 'o munno, 'o ssaie. Ma che spasso! Comme *vuless'essere* una 'e lloro! Nun me mpurtasse 'e fa' 'o Petone, si sulo putesse ji' 'mmiez'a lloro—certo me piacesse cchiù 'e fa' 'a Riggina.»

'Ntramente diceva 'sti parole, Alice menaie n'uocchio apprenzivo â Riggina vera, ma 'a cumpagna soia se lemmetaie a le fa' nu surriso aggraziato, e dicette: «È bello che fatto! si te fa piacere tu puo' essere 'o Petone d' 'a Riggina Janca, visto che Lily è troppo piccerella pe gghiuca'; tanto p'accummincia' tu staie dint' 'a siconda casella; quanno po mettarraie pere ncopp'a ll'uttava casella addeventarraie Riggina—» E propio 'int' 'a 'stu mumento, 'e na manera o 'e n'ata, se mettèttero a ccorrere.

Quanno, cchiù tarde, nce penzaie ncoppa, Alice nun arrivaie maie a capi' comme avevano accumminciato. S'arricurdava sulamente ca bell'e bbuono stévano currenno tenènnose pe mmano, e che 'a Riggina fujeva accussì forte ch'essa arrivava a stiento a le resta' vicino. E 'a Riggina seguitava a allucca': «Cchiù forte! cchiù forte!» Ma Alice senteva 'e nun pute' correre cchiù 'e chello, e le mancava perzino 'o sciato p' 'o ppute' dìcere.

Ma 'a parte cchiù curiosa d' 'a facenna era che ll'arbere e ll'ati ccose attuorno a lloro nun se spustavano 'e nisciuna manera: pe quanto loro curressero, pareva comme si nun appassassero niente. «M'addimanno si tutte 'sti ccose se mòvono nzieme cu nnuie,» penzava 'a povera Alice. E 'a Riggina è ccomme si l'avesse liggiuto 'o penziero, pecché alluccaie: «Cchiù sverda! Nun cerca' 'e parla'!»

Ma nun è c'Alice teneva quacche idea d' 'o ffa'. Sulo ca le pareva che nun sarria stata cchiù capace d'arapi' vocca, tanto c' 'a corza l'aveva muzzato 'o sciato. E 'a Riggina seguitava a allucca': «Cchiù sverda! cchiù sverda!» e s' 'a carriava arreto. «Stammo p'arriva'?» ngarraie a abbasca' Alice a la fine.

«Simmo quase arrivate!» dicette 'a Riggina. «Pecché ce simmo passate diece menute fa! Cchiù sverda!» E pe nu poco seguitàieno a correre senza dìcere na parola, cu 'o viento che sciusciava 'int' 'e rrecchie d'Alice, e quase le scippava 'e capille da 'a capa; o accussì le pareva.

«'O vvi' lloco! 'O vvi' lloco!» alluccaie 'a Riggina. «Cchiù sverda! cchiù sverda!» e currettero 'e na tale manera c'a la fine pareva ca s'aizassero 'int'a ll'aria, senza cchiù tucca' terra cu 'e piere, quanno, tutto 'nzieme, propio quann'Alice steva quase murenno 'e fatica, se fermàieno. E Alice se truvaie assettata 'nterra, senza sciato e cu 'a capa che l'avutava comm'a cche.

'A Riggina 'a facette appuja' 'nfacci'a n'arbero e le dicette cu 'a bona manera: «Mo te puo' arrepusa' nu poco.»

Alice se guardaie attuorno assaie frasturnata: «Gué, ma a me me pare che pe tutto 'stu tiempo nuie simmo restate ferme sott'a chist'arbero! È tutto comm'era apprimma!»

«È naturale,» dicette 'a Riggina, «e comme sarria avut' 'a essere?»

«Bè, ô paese *mio,*» dicette Alice, sempe nu poco sopraffiato, «p' 'o ssòleto—si tu curre p'assaie tiempo comm' 'o viento, accussì comm'avimmo fatto nuie—, p' 'o ssòleto uno arriva a n'ata parte—»

«Che razza 'e paese muscio!» cummentaie 'a Riggina. «Mo cca, comm'hê pututo vede', pe resta' a 'o stesso pizzo hê 'a correre cchiù che puo'. Si po vuo' ji' a n'ata parte, allora hê 'a correre, ô mmìnemo, ddoie vote tanto!»

«Si nun ve dispiace, nun ce vulesse manco pruva',» dicette Alice, «m'abbasta 'e rummane' cca—, sulo ca me moro 'e càvero e 'e sete!»

«'O ssacc'io che te piacesse a tte!» dicette 'a Riggina cu affabbeletà, caccianno na scatulella 'a dint' 'a sacca. «Vulisse nu vescuotto?»

Alice penzaie che respónnere «No» nun sarria stata bona crianza, abbenché nun era pe niente chello ch'essa vuleva. Accussì s' 'o pigliaie e se l'agliuttette meglio che puteva: era na cosa accussì secca ca le parette che 'nvita soia nun era mai stata tanto vecina a s'annuzza' 'ncanna.

«Pe tramente tu t'arrefrische,» dicette 'a Riggina, «io piglio 'e mmesure.» E cacciaie 'a dint' 'a sacca na fettuccia cu 'e centimmetre signate, e accummenciaie 'ammesura' 'o tturreno, sistimànnove palille cca e llà.

«'A cca a ttre metre,» dicette, nfizzanno nu palillo pe signa' 'a distanza, «te diciarraggio chello c'hê 'a fa'—Vulisse n'ato vescuotto?»

«No grazie,» dicette Alice, «uno abbasta e m'avanza!»

«Voglio spera' c' 'a sete t'è passata,» dicette 'a Riggina.

Alice nun sapeva che dìcere, ma pe furtuna 'a Riggina nun aspettaie 'a resposta e seguitaie: «'Ncap'a ati *tre* metre te dico n'ata vota chello c'hê 'a fa'—accussì nun t' 'o scuorde. 'Ncap'a *quatto* te saluto. E 'ncap'a *cinche* me ne vaco!»

A 'stu mumento, essa aveva sistimato tutt' 'e palille e Alice 'a tenette mente assaie nteressata 'ntramente che essa turnava all'arbero, e po s'alluntanava, lento pede, luongo luongo 'a fila d' 'e palille.

Arrivata a cchillo ca signava doie metre, s'avutaie e le dicette: «Tu saie c' 'o Petone â primma mossa fa ddoie caselle. Accussì hê 'a traverza' 'a Terza Casella 'e pressa—cu 'o treno, penzo—e dint'a na vutata d'uocchie te truvarraie ncopp' 'a Quarta Casella. Bè, *chesta* casella appartene a Dindillo e a Dindullo—'a Quinta è quase tutta acqua—'a Sesta appartene a Uvicciullo—ma tu nun tiene niente 'a dìcere?»

«I' nun sapevo—ch'êv' 'a dìcere quaccosa—justo mo,» ncacagliaie Alice.

«Avisse avut' 'a dìcere:» seguitaie 'a Riggina cull'aria 'e chi 'a vuleva cazzia', «"Ma vuie site overo gentile a mme dìcere tutte 'sti ccose"—Comme sia sia, facimmo cunto che me l'hê ditto—'a Sèttema Casella è tutto nu vuosco, e uno d' 'e Cavaliere te mustarrà 'a via—e ddint'a ll'Uttava Casella nuie sarrammo riggine tutt'e ddoie nzieme, e ce sarranno feste e spasse 'nquantità.» Alice s'aizaie, le facette n'alleverènzia e s'assettaie n'ata vota.

A 'o palillo che veneva aroppo 'a Riggina s'avutaie n'ata vota, e 'stavota dicette: «Quanno nun t'allicuorde 'o nomme ngrese 'e na cosa, parla francese—quanno cammine, votta 'e pponte d' 'e piere â via 'e fora—e allicuórdate chi sî!» 'Stavota nun aspettaie l'alleverènzia d'Alice, ma passaie sùbbeto ô palillo ca veneva doppo; addó s'avutaie pe nu mumento a ddìcere «Statte bbona!», e po se lanzaie 'nderezzione 'e ll'ùrdemo.

Comme fu e comme nun fu, Alice nun 'o vvenette maie a sape'. Fatto sta che cunfromme arrevaie all'ùrdemo palillo 'a Riggina scumparette. Nun fuie cosa 'addivina' si s'era squagliata 'int'a ll'aria, o si era zumpata 'e corza dint' 'o vuosco («E cchella sapeva correre comm' 'o viento!» penzaie Alice), fatto sta ca nun ce steva cchiù. E Alice accumminciaie a s'allicurda' che mo essa era nu Petone e che sarria arrivato ampressa 'o tiempo 'e se mòvere.

C A P I T O L O **III**

Inziette annanz'
'o Specchio

Comm'è naturale, 'a primma cosa che s'avev' 'a fa' era chella 'e se sturia' buono buono 'o paese c'avevan' 'attraverza'. «È propio comme quanno se stùria 'a giugrafia,» penzaie Alice, 'ntramente s'aizava 'nponta d' 'e piere cu 'a speranza d'arriva' a vede' nu poco cchiù luntano. «Sciumme princepale—nun ce ne sta nisciuno. Muntagne princepale—una sola, e io ce stongo ncoppa, ma penzo ca nun tene manco nu nomme. Città princepale—Ma mo chi *songo* chelli criature che stanno facenno 'o mmèle lloco 'bbascio? Nun pônno essere ape—nisciuno putarria maie vede' ll'ape luntane nu chilometro e mmiezo—». E pe nu poco 'e tiempo se ne stette zitta, 'ntramente guardava una 'e chelli criature ca s'affaccennava 'mmiez' 'e sciure, nfizzànnole dinto 'a proposcia. «Pròpeto comm'a n'apa vera,» penzaie Alice.

Comunque sia, chella tutt'era 'a fora ca na vera apa. Comm'infatte era n'alifante—Alice se n'addunaie subbeto, abbenché a pprimma botta 'stu fatto le muzzaie 'o sciato. «E cchi 'o ssape chilli sciure comm'hann' 'a essere gruosse!» penzaie subbeto doppo. «Quaccosa comm'a na casarella senz' 'o titto e cu nu turzo sotto—E cchi 'o ssape quantu mmèle ha dda fa'! Sto penzanno 'e scénnere e—No, ancora no,» seguitaie, penzànnoce meglio justo quanno steva accummincianno a correre abbasci' 'a cullina, e cercanno 'e truva' na scusa pe 'st'apprenzione che l'êva cugliuta 'antrasatta. «E sarrà meglio nun scénnere lloco mmiezo senza se purta' appriesso na bella peròccola p' 'e ttene' luntane—E cche resate quanno m'addimannarranno si m'è piaciuta 'a passiata. E i' diciarraggio: Oh, nu poco m'è piaciuta (e cca facette 'a mussetella, ca cchiù le piaceva, 'e vutta' 'a capa arreto), sulo ca ce steva tanta 'e chella póvere, faceva assaie càvero, e po ll'alifante dévano mpiccio!»

«Penzo 'e scénnere pe chell'ata via,» dicette doppo nu poco. «E pô essere che cchiù tarde vaco pure a fa' na vìseta all'alifante. Ma cchiù appriesso. Mo nun veco l'ora d'arriva' dint' 'a Terza Casella!»

Accussì, cu chesta scusa, se ne scennette 'e corza pe vvascio 'a cullina e scravaccaie cu nu zumpo 'o primmo d' 'e seie sciummarielle.

«Favurite 'o biglietto!» dicette 'o Cuntrullore, mettenn' 'a capa dint' 'o fenestrino. E dint'a na vutata d'uócchie tutte quante cacciàieno 'e bbigliette, ch'erano gruosse cchiù o meno quant' 'e pperzone. E fuie quase comme si avessero regnuto 'o scumpartimento.

«Jammo guagliuncella, famme vede' 'o biglietto!» seguitaie 'o Cuntrullore, tenenno mente 'Alice tutto ncazzato. E nu cuófeno 'e voce dicettero tutte nzieme («Comm' 'o coro 'e na canzona,» penzaie Alice) «Guagliunce', nun 'o fa' aspetta'! pecché 'o tiempo suio vale nu migliaro 'e sterline ô menuto!»

«Aggio paura ca nun 'o tengo,» dicette Alice cu na vucella appaurata. «'A do' vengh'io nun ce steva 'a bigliettaria.» E 'o coro d' 'e vvoce se facette senti' n'ata vota: «'A do' ven'essa nun ce steva na càmmara pe nce 'a mettere. Lloco 'o tturreno vale nu migliaro 'e sterline ogne duie centimmetre e 'mmiezo!»

«Nun cerca' scuse,» dicette 'o Cuntrullore, «te l'avisse avut' 'a fa' da' da 'o machenista.» E ancora na vota 'o coro d' 'e vvoce se n'ascette cu: «L'ommo che porta 'o treno. Pecché sulo 'o fummo vale nu migliaro 'e sterline ô sbuffo!»

Alice penzaie 'ncap'a essa: «Ma allora, parla' nun serve a niente!» E *cchesta* vota 'e vvoce nun ascettero 'mmiezo pecch'essa nun êva parlato. Ma, lassànnola comm'a na locca, *penzàieno* tutte 'ncoro ('a speranza meia è che vuie capite che vô dìcere *penza' 'ncoro*—pecché i' v'aggi' 'a cunfessa' ca nun l'aggio capito pe niente): «Meglio nun dìcere niente 'ntutto. 'O pparla' vale nu migliaro 'e sterline â parola!»

«Saccio sicuro ca stanotte me sunnarraggio nu migliaro 'e sterline,» penzaie Alice.

Pe tutto 'stu tiempo 'o Cuntrullore l'aveva sempe tenuta mente, apprimma pe mmiez' 'e n'ucchiarone, po cu nu microscopio, e po cu n'ucchiarino. Finarmente dicette: «Tu staie viaggianno â direzzione sbagliata.» Po nchiurette 'o fenestrino e se ne jette.

«Na piccerella accussì giovene,» dicette 'o signore ca steva assettato annanz'a essa (isso teneva n'abbeto 'e carta janca), «avess' 'a sape' a qqua' direzione sta jenno, pure si nun sapesse comme se chiamma!»

Na Crapa, ca steva assettata 'e canto 'o signore vestuto janco, nchiurette ll'uocchie e dicette cu nu vucione: «Essa avess' 'a canóscere 'a via p' 'a bigliettaria, pure si nun sapesse l'arfabeto!»

Ce steva nu Scarrafone assettato vecin' 'a crapa (se trattava 'e na carrozza 'e treno assaie strèvuza chiena 'e passiggiere scumbinate), e cchisto, datosi che pareva che tutte quante avevan' 'a parla' quanno veneva 'o turno lloro, se n'ascette cu: «Essa avarr' 'a turna' arreto comm'a bagaglio!»

Alice nun arrivaie a vede' chi steva assettato cchiù llà d' 'o Scarrafone, ma subbeto doppo se sentette na voce abbrucata. «Cagnate 'e mmachine—» abbiaie a ddìcere, ma a cchistu punto s'affucaie e nun putette ji' 'nnanze.

«Pare 'a voce 'e nu cavallo,» penzaie Alice 'ncap'a essa. Quanno na vucella fina fina le dicette 'int' 'a na recchia: «'O ssaie, ne putisse caccia' nu juoco 'e parole—quaccosa comme nu cavallo ca s'accavalla.»

Po, na voce assaie gentile dicette 'a luntano: «Essa avess' 'a essere signalata cu nu cartiello: "Guagliona, trattàtela cu 'e mmullechelle", ve pare?—»

E dopp'a cchesta ascèttero ati vvoce («Quanta càspeta 'e ggente sta dint'a 'sta carrozza!» penzaie Alice), che dicevano: «Essa ha dda viaggia' cu 'a posta, visto che tene na capa—» «L'avimm' 'a spedi' comm'a nu telecramma—» «Ha dda tira' essa 'o treno p' 'a via che rummane ancora—» e via dicenno.

Ma po, 'o signore vestuto 'e carta janca s'acalaie e le murmuliaie 'int' 'a recchia: «Nun dà aurienza a cchello che dìceno, cara mia, ma ogne vota c' 'o treno se ferma pìgliate nu biglietto d'annata e rretuorno.»

«Nun 'o ffaccio sicuro!» dicette Alice perdenno 'a pacienza. «I' nun tengo niente a cche vede' cu 'stu viaggio ncopp' 'a ferruvia—io mo stevo justo 'int'a nu vuosco—e llà voglio turna'!»

«'O ssaie? tu putisse fa' nu bello juoco 'e parole,» le dicette 'a vucella dint' 'a recchia, «na cosa comme: si tu puo' vule' puo' vula'.»

«Nun me scuccia',» dicette Alice, guardànnose attuorno senza arriva' a capi' 'a do' veneva chella voce. «Si tu tiene tutto 'stu genio 'e pazzia', pecché nun 'o ffaie pe ccunto d' 'e tuoie?!»

'A vucella facette nu suspiro prufunno. Se vedeva ch'era assaie scuntenta, e Alice l'avesse vuluto dìcere na bona parola p' 'a cunfurta'. «Si sulo suspirasse comm'a tutta ll'ata gente!» penzaie. 'Mmece se trattava 'e nu suspiro accussì miccio ch'Alice nun l'avesse manco sentuto si nun le fosse arrivato tanto vecin' 'a recchia. 'A cunsequenza fuie c' 'a recchia ne suffrette nu cellechiamiento tale ch'essa nun penzaie cchiù â nfelicità 'e chella povera criaturella.

«I' saccio ca tu sî n'amica,» seguitaie 'a vucella, «na cara amica e na vecchia amica. E maie me facisse 'o mmalamente, pure s'io songo nu nzetto.»

«Ma qua' specie 'e nzetto?!» se nfurmaie cu nu poco d'apprenzione. Chello che vulèva sape' era si chisto pognèva o no, ma penzaie ca nun era bona crianza fa' propio chesta dimanna.

«Comme, allora tu nun—» accumminciaie 'a vucella, quanno fuie supraniata 'a nu ddiece 'e sisco d' 'a lucumutiva, e tutte zumpàieno allerta muorte 'e paura, e Alice cu tutte quante ll'ate.

'O Cavallo, ch'êva cacciat' 'a capa p' 'o fenestrino, 'a tiraie arreto cu ccarma e dicette: «È sulo nu sciummariello chillo c'avimm' 'a zumpa'.» E tutte quante parettero cuntiente 'e 'sta cosa, abbenché Alice se sentette nu poco nervosa all'idea d' 'o treno c'avev' 'a zumpa'. «Comunque sia, ce purtarrà 'int' 'a Quarta Casella, e cchesto me cunzola,» essa se dicette. Passaie nu menuto e sentette c' 'o vagone s'aizava 'int'a ll'aria e, tanta d' 'a paura, s'afferraie a cchella cosa ca teneva cchiù a ppurtata 'e mana, ca se truvaie a essere 'a varva d' 'a Crapa.

Ma chella varva pare comme si se fosse squagliata cunfromme essa 'a tuccaie, e Alice se truvaie, còveta còveta, assettata sott'a na pianta—'ntramente 'a Zanzara (pecché chisto era 'o nzetto ca l'aveva parlato) se cunnuliava appesa a nu ramusciello justo 'ncap'a essa, ventuliànnola cu 'e scelle.

Sicuro avev' 'a essere na Zanzara grossa assaie: «Cchiù o meno comm'a na vallina,» penzaie Alice. Ma, doppo ch'avevano parlato nzieme pe tantu tiempo, ancora nun se facette nervosa cu essa.

«—accussì a tte nun te piàceno 'e nziette?», seguitaie toma toma 'a Zanzara, comme si nun fosse succieso niente.

«Me piàceno quanno so' capace 'e parla',» dicette Alice. «Nisciuno 'e lloro parla maie da 'e pparte 'a do' vengh'io.»

«Qua' specie 'e nziette te danno sfizio da 'e pparte toie?» addimannaie 'a Zanzara.

«A me nun me dà *sfizio* nisciuno nzetto,» spiecaie Alice, «pecché nu poco me fanno appaura—ammacaro chilli cchiù gruosse. Ma te pozzo dìcere 'o nomme 'e quaccuno 'e lloro.»

«Naturalmente chilli respónneno quanno se chiammano pe nomme,» dicette 'a Zanzara, tanto pe parla'.

«Nun l'aggio maie sentuto 'e dìcere.»

«E a che le serve tene' nu nomme,» dicette 'a Zanzara, «si po nun respónneno quann' 'e cchiamme?»

«Nun serve a *lloro*,» dicette Alice, «ma penzo ca è utele p' 'e perzone ca nce l'hanno miso. Osinò pecché 'e ccose tenessero nu nomme?»

«I' nun 'o ssaccio,» responnette 'a Zanzara. «Pe gghionta, llà abbasci' 'o vuosco 'e ccose nun tènono nomme—Comme sia sia, va' annanze cu chesta lista 'e nziette: staie perdenno sulo tiempo.»

«Be', ce sta 'a Mosca Cavallina,» accumminciaie Alice, cuntanno 'e nomme ncopp' 'e ddete.

«Sta bene,» dicette 'a Zanzara. «Si tu guarde a mmeza via 'int' 'a chella ceppa vedarraie na Mosca Cavallina a Ddònnolo. È fatta tutta 'e lignamme e cagn' 'e posto cunnuliànnose 'a nu rammo all'ato.»

«E che se magna?» addimannaie Alice cu curiusità.

«Acquiccia e ssecatura,» dicette 'a Zanzara. «Va annanze cu 'a lista.»

Alice tenette mente assaie nteressata a Mosca Cavallina a Ddònnolo, e se facette capace ca l'êvano avut' 'a pitta' 'e frisco, pe comme pareva lucente e azzeccosa; e seguitaie:

«Po ce sta 'a Libbellula.»

«Guarda ncopp' 'o rammo ca sta ncopp' 'a capa toia,» dicette 'a Zanzara, «e ce truvarraie na Libbellula Capefuoco. Tene 'o cuorpo fatto cu na pastacrisciuta, 'e scelle cu 'e fronne 'e limone, e 'a capa è nu passolone c'abbrucia 'int' 'o ccugnac.»

«E che se magna?» addimmannaie Alice, comm'apprimma.

«Grano e purpettone,» risponnette 'a Zanzara, «e se fa 'o nido 'int' 'e scatule d' 'e riale 'e Natale.»

«E po ce sta 'a Palomma,» seguitaie Alice, doppo c'aveva guardato buono buono 'o nzetto cu 'a capa c'abbrusciava, penzanno 'ncap'a essa: «Chi 'o ssape si è pe cchesto che a 'e nziette lle piace tanto trasi' dint' 'a sciamma d' 'e ccannele— Vônno addeventa' tanta Libbellule Capefuoco!»

«Sta striscianno abbicin' 'e piere tuoie,» se n'ascette 'a Zanzara (Alice se tiraie 'e piere arreto nu poco appaurata), «puo' vede' na Palomma Panebburro. 'E scelle songo felle suttile 'e pane e burro, 'o cuorpo è na scorza, e 'a capa è na preta 'e zùccaro.»

«E che se magna?»

«Nu tè liggierro cu 'a mantèca.»

E 'ncap'a Alice trasette n'atu busillo: «E si po nun ne trova?» spiaie.

«Allora more, è naturale.»

«Ma chesto succedarrà nu cuófèno 'e vote,» cunchiudette Alice, penzarosa.

«Càpeta sempe,» dicette 'a Zanzara.

Dopp' 'e chesto, Alice se ne stette zitta pe nu menuto o dduie, penzànnoce ncoppa. Pe tramente 'a Zanzara se spassava runziànnole tuorno tuorno 'a capa. A la fine se pusaie n'ata vôta e se n'ascette: «I' penzo che tu nun vulisse perdere 'o nomme tuio.»

«Certo che no!» dicette Alice, nu poco scuieta.

«Ma però io nun saccio,» seguitaie 'a Zanzara, tanto pe ddìcere, «penza sulamente comme sarria cummeniente si tu putisse turna' â casa senza isso! Verboràzia, si 'a maesta te vulesse chiamma' pe te fa' fa' 'e llezzione, avess' 'a dìcere: "Viene cca—" e po s'avess' 'a ferma' pecché nun tenesse nu nomme pe te chiamma', e accussì tu nun fusse tenuta a gghi'.»

«So' sicura ca nun ghiesse accussì,» allebbrecaie Alice, «chella â maesta nun le venesse maie 'ncapa 'e me scanza' 'a lezzione sulo pe cchesto. Si nun s'allicurdasse 'o nomme mio, me chiamasse "Signurina", comme fanno 'e ccammarere.»

«Sta bbuono, ma si dicesse sulo "Signurina", e nun dicesse nient'ato,» cuntraddicette 'a Zanzara, «sa' quanti gguaglione curressero addu essa! Aggio fatto na bbattuta. Avesse vuluto c' 'a facive tu.»

«E pecché po te fosse piaciuto c' 'a facevo io?» addimmannaie Alice. «'Sta bbattuta è na vera fetecchia.»

Ma 'a Zanzara facette sulo nu suspiro, 'ntramente le scennevano p' 'a faccia ddoie lacreme.

«Nun s'avesser' 'a fa' bbattute,» cummentaie Alice, «si po 'a cosa t'affrigge 'e chesta manèra.»

Po, arrivaie n'ato 'e chilli suspiruzze 'e malincunia, e 'sta vota pareva overo c' 'a povera Zanzara se n'era juta 'nfummo essa stessa, comm'a nu suspiro, pecché quanno Alice aizaie ll'uocchie, ncopp' 'o ramusciello nun se vedeva cchiù niente. E, datosi che a ffuria 'e sta' assettata pe tantu tiempo senza fa' niente l'era venuto nu poco 'e friddo ncuollo, Alice s'aizaie e se mettette 'ncammino.

Arrivaie ampressa ampressa a nu campo apierto, cu nu vuosco 'nfunno: pareva assaie cchiù scuro 'e ll'ùrdemo vuosco, e Alice ce penzaie nu *poco* ncoppa primma 'e ce trasi'. Ma po, penzànnoce buono, se cunvincette a gghi' annanze: «pecché è certo che nun voglio turna' *arreto*,» dicette 'ncap'a essa, e cchesta era l'uneca via p'arriva' all'Uttava Casella.

«Chisto avess' 'a essere 'o vuosco,» se dicette penzarosa, «addó 'e ccose nun tènono nomme. Vulesse sape' che succere a 'o nomme mio doppo che so' trasuta. Nun me piacesse d' 'o perdere, pecché allora me ne darrìeno n'ato, ch'è quase certo che sarria brutto assaie. Ma po sarria nu spasso truva' 'a criatura c'ha pigliato 'o viecchio nomme mio! È pròpeto comm'a cchilli bbanne 'e quann'uno ha perzo 'o cane—*"risponne a 'o nomme 'e Guaglione; teneva nu cullare 'attone"*—che bellu sfizio a cchiamma' "Alice" tutto chello che ncuntre, nzi' a quanno quaccosa nun te risponne! Sulo che si 'sti ccose fossero adderitte nun te rispunnessero niente.»

Steva cammenanno pe cchesta via, quanno arrivaie ô vuosco: pareva assaie frisco e umbruso. «Bene, comunque sia è nu bellu refrisco,» dicette, e s'abbiaie sott' 'a ll'arbere, «arriva' doppo tutto chillu calore dinto a nu—dinto a nu—dint'a *cche?*» seguitaie, facènnose na granda maraveglia ca nun era capace 'e penza' 'a parola. «Voglio dìcere, arriva' sotto a—sotto a—sott'a 'sta cosa, nzomma!» e appujaie 'a mana ncopp' 'o fusto 'e n'arbero. «Comme se chiamma, m'addimanno? Io penzo ca nun tene nu nomme—anze, è sicuro ca nun 'o tene!»

Pe nu mumento rummanette zitta a penza', po accumminciaie subbeto n'ata vota. «Allora, doppo tutto chesto, è succieso overamente! E mo io chi songo? M' 'o vvoglio allicurda', si pozzo! So' decisa d' 'o ffa'!» Ma 'o fatto ch'essa era decisa nun l'aiutaie troppo, e tutto chello che ngarraie a ddìcere, doppo averce penzato ncoppa, fuie: «L, chesto 'o ssaccio. Accummincia cu L!»

Justo a cchillu mmento se truvaie a passa' nu Cerbiatto: guardaie Alice cu chilli grande uocchie jentile, ma nun pareva pe niente appaurato. «Gué! Gué!» alluccaie Alice, stennenno na mana pe l'alliscia'. Ma isso se facette nu poco arreto, e se fermaie n'ata vota p' 'a tene' mente.

«Comme te chiamme?» dicette po 'o Cerbiatto. Che vucella tènnera ca teneva!

«'O bbulesse sape'!» penzaie 'a povera Alice. E responnette appucundrosa: «Pe mo, 'e nisciuna manera.»

«Piénzace n'ata vota,» dicett'isso, «'sta ccosa nun pô ghi'.»

Alice nce penzaie, ma nun cunchiudette 'o riesto 'e niente. «Pe piacere, me putisse dìcere comme te chiamme tu?» dicette nu poco scurnosa, «i' crero ca nu poco me putesse aiuta'.»

«T' 'o ddico si tu viene nu poco cchiù llà,» dicette 'o Cerbiatto, «cca nun m' 'o ppozzo allicurda'.»

Accussì cammenàieno nzieme attravierzo 'o vuosco, Alice cu 'e braccelle attuorn' 'o cuollo jentile d' 'o Cerbiatto, nzi' a quanno nun arrivàieno 'int'a n'atu campo apierto, e cca 'o Cerbiatto se sciugliette 'a ll'abbraccio d'Alice e facette nu ddiece 'e zumpo 'naria. «Songo nu cerbiatto!» alluccaie tutto cuntento. «E, pover'a mme! tu sî na criatura umana!» E, bell'e bbuono, dint'a chilli belli uocchie marrò se furmaie n'aria 'e paura, e nu mumento doppo se n'era già fujuto comm' 'o viento.

Alice rummanette a guarda' 'a chella parte, e steva llà llà pe se mettere a chiàgnere p' 'o dulore d'ave' perzo accussì ampressa chillu caro cumpagniello 'e viaggio. «Commme sia sia, ammacaro mo saccio 'o nomme mio,» dicette, «e cchesta è na cunsulazione. Alice—Alice—, nun m' 'o scurdarraggio maie cchiù. E mo, m'addimanno, quale 'e chesti frezze io avess' 'a segui'?»

Nun era troppo difficele respónnere a 'sta dimanna, dàtosi che attravierzo 'o vuosco ce steva sulo na via e che tutt'e ddoie 'e ffrezze erano puntate lloco. «Me arresorvarraggio,» dicette Alice 'ncap'a essa, «quanno po 'a strata se sparte, e porta a ddoie parte deverze.»

Ma chesto nun pareva facele a ssuccèrere. E essa cammenaie a lluongo, ma ogne vota c' 'a via se sparteva putive sta' sicuro ca ce stevano sempe doie frezze ca signalavano 'a stessa via: una cu scritto "P' 'A CASA 'E DINDILLO", e l'ata "P' 'A CASA 'E DINDULLO".

«Pe comme crero,» dicette finarmente Alice, «chisti dduie stanno 'e casa nzieme! Me faccio maraveglia ca nun ce avevo penzato primma—ma nun me ce pozzo ferma' a lluongo. Justo, 'o tiempo p' 'e cchiamma' e ddìcere: "Comme state?", e cercarle 'a via p'asci' da 'o vuosco. S'io putesse arriva' a ll'Uttava Casella primma ca se fa scuro!» E accussì essa seguitaie a scarpina' p' 'o vuosco, parlanno essa sola via via, nzi' a quanno, doppo na vutata a ggùveto, se scuntraie cu dduie palluóttole. Accussì a la mpenzata, ca nun putette fa' ammeno 'e fa' nu zumpo â via 'e reto. Ma doppo nu mumento se repigliaie, e se sentette sicura ca se trattava 'e

Dindillo e Dindullo

Stèvano allerta sott'a n'arbero, ognuno 'e lloro cu nu vraccio attuorn' 'o cuollo 'e ll'ato. E Alice capette sùbbeto chi era chi, pecché uno 'e lloro teneva «ILLO» arricamato ncopp' 'o culletto, e l'ato «ULLO». «I' penzo,» se dicette, «che tutt'e dduie tenarranno scritto "DIND" attuorn' 'a parte 'e reto d' 'o culletto.»

Stévano accussì immòbbele ch'essa se scurdaie ch'erano vive, e se steva abbianno a girarle attuorno pe vere' si overo addereto 'e cullette 'e ciascuno 'e lloro ce steva scritta 'a parola «DIND», quanno facette nu zumpo a ssenti' 'a voce c'asceva 'a chillo signato «ILLO».

«Si tu te pienze ca simmo fatte 'e cera,» dicett'isso, «allora è bene che saie c'hê 'a pava' 'o bbiglietto. 'E statue 'e cera nun so' fatte p'essere guardate pe senza niente. Gnernò!»

«Si mmece,» agghiognette chillo ch'era signato «ULLO», «tu te pienze ca simmo vive, allora tu hê 'a dìcere quaccosa.»

«Me dispiace overamente,» è tutto chello ch'essa arrivaie a ddìcere. Pecché 'e pparole d' 'a vecchia canzona le seguitavano a runzia' 'ncapa comm' 'o ticchettacche 'e nu rilorgio, tanto ca se trattenette 'a stiento da 'e rrepetere forte:—

«Dindillo nzieme a Dindullo
cuncurdàieno 'e se vàttere 'mbattaglia
pe bbia che a Dindillo, Dindullo
aveva arruvinato na sunaglia.

Ma po calaie nu cuorvo mustrouso,
cchiù niro 'e nu varrile de catramma,
ca 'e spaventaie mettènnole fore uso,
accussì se scurdaieno 'e chillu dramma.»

«I' 'o ssaccio a cche staie penzanno,» dicette Dindillo, «ma nun è accussì. Gnernò.»

«Si mmmece,» seguitaie Dindullo, «fosse accussì, putarria essere; e si accussì fosse, accussì sarria; ma, visto cca nun è, nun è. Chesto se capisce.»

«Stevo penzanno,» dicette Alice, cu garbo, «qua' fosse 'a via cchiù meglia p'asci' 'a 'stu vuosco: sta scuranno notte. M' 'o pputìsseve dìcere, pe ppiacere?»

Ma chilli dduie palluottole se limmitàieno a se guarda' 'nfaccia l'uno cu ll'ato, cu nu pizzo a rriso.

Erano accussì sìmmele a na pareglia 'e studiente, c'Alice nun putette fa' ammeno 'e signa' cu 'o dito Dindillo, dicenno: «Primmo Guaglione!»

«Gnernò!» alluccaie ncopp' 'a bbotta Dindillo, e nchiurette n'ata vota 'a vocca 'nsicco.

«Secunno Guaglione!» dicette Alice passanno a Dindullo, pe quanto se senteva sicura che chillo se nne sarria asciuto cu nu "Mmece!". E accussì facette.

«Hê accumminciato malamente!» alluccaie Dindillo. «Pe primma cosa quanno se fa na vìseta s'ha dda dicere "Piacere!", e astrégnere 'e mmane!» E cca 'e dduie frate se scagnàieno n'abbraccio, e po stennettero 'e ddoie mane ca erano libbere pe s'astrégnere 'e mmane cu essa.

A Alice nun le piaceva d'astrégnere pe pprimma 'a mana 'e uno d' 'e dduie, pe ppaura ca l'ato se puteva piglia' còllera. Accussì, 'o meglio sistema pe se ne pute' asci' 'a 'stu mpiccio fuie chillo d'afferra' tutt'e ddoie 'e mmane nzieme: e nu menuto doppo se truvàieno a abballa giranno 'nchirchio. 'A cosa parette accussì naturale (comme s'arricurdaie aroppo) ch'essa nun se facette maraveglia a ssenti' 'a mùseca che sunava: pareva comme si ascesse 'a chill'arbero sott' 'o quale stévano abballanno, e asceva (pe chello che putette capi') da 'e ramme ca se strufinavano uno cu ll'ato comm'a ll'archetto 'e nu viulino.

«Ma fuie overo curiuso (dicette po Alice quanno cuntaie â sora 'o fatto comm'era juto) èsserme truvata a ccanta' *"Stammo giranno attuorno 'a ceppa 'e cèuze"*. Nun saccio quann'êvo accummìnciato, ma me pareva 'e canta' 'a nu cuófeno 'e tiempo!»

Ll'ati dduie ballarine erano chiattulille, e rummanettero sùbbeto senza sciato. «Quatto gire abbastano pe nu ballo,» abbascaie Dindillo, e fernettero d'abballa' accussì subbeto comm'avevano accumminciato. E da chillu stesso mumento se fermaie pure 'a museca.

Allora lassàieno 'e mmane d'Alice e 'a tenettero mente pe nu minuto: pe nu poco rummanettero mbararazzate, datosi che 'a guagliona nun sapeva comm'accummincia 'a cummerzazione cu perzone che avevano fernuto allora allora d'abballa' cu essa. «A 'stu punto nun me pare 'o mumento 'e dìcere "Piacere",» penzaie 'ncap'a essa, «stuorto o muorto 'stu mumento avess' 'a essere passato!»

«Spero ca nun ve site stancate troppo,» se n'ascette a la fine.

«Gnernò. E grazzie assaie pe ce l'ave' addimannato,» dicette Dindillo.

«Nun abbasto a ringrazziarte!» agghiognette Dindullo. «Te piàceno 'e ppuisie?»

«S—ì, abbastantamente—*cierti* ppuisie,» dicette Alice, stanno 'ncampana. «—Me putìsseve dìcere qual' è 'a via p'asci' 'a 'stu vuosco?»

«Quale te putesse receta'?» addimmannaie Dindullo, avutànnose a guarda' Dindillo, cu uocchie chine 'e mpurtanza, e senza 'e se cura' d' 'a dimanna d'Alice.

«*'O Tricheco e 'o Mastedascio*, è 'a cchiù longa,» allebbrecaie, strignenno 'o frate cu n'abbraccio affezziunato.

E Dindillo accummenciaie, una bbotta:

«*'O sole straluceva—*»

A cchistu punto Alice se premmettette 'e ll'interrompere. «Sì è longa assaie,» dicette cchiù gentile che puteva, «ve dispiace 'e me dìcere apprimma 'a via—»

Dindullo le facette nu surriso gentile, e accumminciaie n'ata vota:

> 'O sole straluceva ncopp' 'o mare
>   sbrennenno cu cchiù forza che puteva,
> faceva 'e tutto pe ffa' addeventare
>   lisce e brillante ll'onne—ma pareva
> curiuso, visto ch'era mezanotte.
>
> Pure 'a luna sbrenneva, ma ammussata,
>   pecché 'o sole restava ancora lloco
> doppo c' 'a jurnata sana era passata—
>   «È na malacrianza,» fuie lu sfoco
> d' 'a luna, «farme ntusseca' 'sta festa!»
>
> Nfuso era 'o mare comm' 'o mare è nfuso,
>   arza era 'a rena comm'essa ha dda sta',
> nun vedive na nùvola, comm'è uso
>   quann' 'a nuvola 'ncielo nun ce sta—
> manco n'auciello te vulava 'ncapa.

Cammenanno appaiate, 'o Mastedascio
    e 'o Tricheco, a la vista 'e tanta rena,
se mettettero a chiagnere penzanno,
    comm'a ttutte, «Che cosa grannezzosa
si, primma o doppo, 'a cca s' 'a purtarranno!»

Addimannaie 'o Tricheco: «Sette scope
    bastano 'mmano a sette cammarere,
'ncap'a seie mise, a spazza' tutt' 'a rena?»
    «Temo che no,» dicette 'o Mastedascio,
asciuttànnose 'e llacreme p' 'a pena.

«Òstreche belle,» chiaitaie 'o Tricheco,
    «venitevénne a ppassia' cu nnuie!
facimmo quatto chiàcchiare aggarbante,
    però nun putimm'essere cchiù 'e quatto
pe ce pute' da' 'a mana tutte quante.»

'A cchiù vecchia 'o guardaie senza di' niente,
    po le facette l'uocchio a zzennariello,
scutulianno cchiù vote 'o capucchione.
    Nun vuleva lassa', chesto fuie chiaro,
'a spasella d' 'o bbanco 'e ll'ustricaro.

Ma quatto Òstreche, cchiù signurinelle,
    se facettero annanze pressarole,
cu 'e quaquiglie lucente, cu 'e faccelle
    lavate 'e frisco e cu 'e scarpe allustrate—
cosa curiosa pe chi è senza piere.

E quatt'Òstreche ancora, e ancora quatto
    currettero 'mparanza, e ancora, e ancora—
zumpanno fora 'a ll'onne, janche p' 'a scumma,
    vuttanno 'e mmane mmiezo a n'arrevuoto,
a ggara p'arriva' 'nterra a la costa.

Pe tramente 'o Tricheco e 'o Mastedascio
    se facettero cchiù e nu miglio a ppere
e se fremmaieno ncopp'a na scugliera
    vascia, addó tutte ll'Òstreche tantelle
se mettettero 'nfila p' 'aspetta'.

«Arrivaie 'o tiempo,» dicette 'o Tricheco,
    «che putimmo parla' de tanti ccose:
'e scarpe—'e nave—'e piezze 'e ceralacca—
    cavelesciure—rre—d' 'o pecché vólle
'o mare—e si 'o purciello tene 'e scelle.»

«No, nu mumento,» ll'Òstreche alluccaieno,
    «primma avimm' 'a parla' nu poco 'e nuie:
che simmo chiatte e quaccuna è abbascosa!»
    «Nun ce sta fretta,» dice 'o Mastedascio,
e tutte 'o ringraziàieno cu calore.

«Chello che serve è na pagnotta 'e pane,
    pe primma cosa,» dicette 'o Tricheco,
«e ppepe, e acito, ca so' buone assaie—
    e mo, si site pronte Òstreche belle,
putimmo pure accummincia' a Magna'»

«Sì, ma no a nnuie!», chell'Òstreche alluccaieno
    addeventanno blu. «Doppo che site
state accussì gentile sarria propio
    na purcarria!», «È na bella nuttata»
dice 'o Tricheco. «Ve piace 'sta vista?

Site state gentile a veni' cca!
    Pecché gentile site!» 'O Mastedascio
dicette sulo: «Taglia n'ata fella.
    Vurria ca tu nun fusse accussì surdo—
te l'aggia avut' 'a cerca' già doie vote!»

'«A me pare nu scuorno,» allebbrecaie
    'o Tricheco, «mullarle 'sta cagliosa
doppo averle purtate, accussì 'e corza,
    tanto luntano!» Tomo 'o Mastedascio
dicette sulo «'O bburro è troppo tuosto!»

«Chiagno pe bbuie,» se n'ascette 'o Tricheco
    «sento n'apprietto 'e core». E, selluzzanno
cu lacreme cucente, se scegliette
    chelle cchiù grosse e cu nu fazzuletto
se cummigliava ll'uocchie lacremuse.

«*Òstreche belle,*» *scrammaie 'o Mastedascio,*
«ve site fatta na bella truttata!
Ve ne turnate â casa sempe 'e corza?»
Nisciuno risponnette—e se capisce,
se l'erano magnate tutte quante.

«A me me piace 'e cchiù 'o Tricheco,» dicette Alice, «pecché nu pucurillo s'è dispiaciuto pe chelli ppovere ostreche.»

«Però se n'è magnate cchiù d' 'o Mastedascio,» dicette Dindullo. «Tiene mente, se teneva 'o fazzuletto 'nfronte, accussì 'o Mastedascio nun puteva cunta' quante se ne pigliava; è tutt' 'o ccuntrario.»

«Chillu fetente!» scrammaie Alice arresentuta. «Allora, si è accussì, a me me piace 'e cchiù 'o Mastedascio—si nun se n'è magnate tante quante 'o Tricheco.»

«Però se n'è magnate tante quante n'è arrivato a afferra',» dicette Dindillo.

Overo era nu busillo. Doppo nu poco Alice accumminciaie. «Va bbuono, erano sprùcete tutt'e dduie—» e cca se fermaie nu poco allarmata, sentenno dint' 'o vuosco lloco abbicino quaccosa ca le sunava comm' 'o sbruffo 'e na grossa lucumutiva. Pe quanto, se mettette appaura ch'era cchiù facele ca se trattava 'e na bestia feroce. «Ce stessero lione e tigre 'a chesti pparte?» addimannaie apprenziva.

«Se tratta sulo d' 'o Rre Russo ca sta runfanno,» dicette Dindullo.

«Viénelo a vede'!» alluccàieno 'e dduie frate, e ognuno 'e lloro se pigliaie 'a mana d'Alice e l'accumpagnàieno addó 'o Rre steva durmenno.

«Nun è bello a vvede'?!» dicette Dindillo.

Alice, pe nu scrupolo 'e cuscienza, nun l'avesse pututo dìcere. Teneva na ddiece 'e scuffia rossa p' 'a notte cu nu sciocco, e se ne steva ammagliuccato comm'a na specie 'e fangotto scuscenato, runfanno comm'a nu trumbone—«Na manera 'e runfa' ca se ne pô care' 'a capa!» comme cunchiudette Dindillo.

«Aggio paura ca piglia friddo, cuccato ncopp'a ll'evera ùmmeta,» dicette Alice, ch'era na guagliuncella assaie accrianzata.

«Isso mo sta sunnanno,» dicette Dindullo. «E tu che te pienze ca se sta sunnanno?»

Dicette Alice: «Chesto nisciuno 'o ppô ddìcere.»

«Ma comme! Chillo se sta sunnanno a tte!» scrammaie Dindullo, vattenno 'e mmane tutto cuntento. «E si nun te sunnasse cchiù, addó pienze ca tu te truvarrisse?»

«Addó stongo mo, è naturale,» dicette Alice.

«Quanno maie!» rebbattette Dindullo tutto ntosciato, «tu nun stisse a nnisciuno pizzo. Pecché tu sî sulo na specie 'e cosa dint' 'o suonno d' 'o suio!»

«Si chillu rre se scetasse,» agghiognette Dindillo, «tu te stutasse—puff!—propio comm'a na cannela!»

«Ma jatevenne!» scrammaie Alice arresentuta. «E po, s'io songo sulo na specie 'e cosa dint' 'o suonno 'e chisto, vulesse sape' vuie che site?»

«'A stessa cosa,» dicette Dindillo.

«'A stessa cosa, 'a stessa cosa!» alluccaie Dindullo.

E l'alluccaie accussì forte c'Alice nun putette fa' ammeno e lle dìcere: «Ssss! Me metto appaura c' 'o facite sceta' si seguitate a ffa' tutta chesta ammuina.»

«Va bbuono, nun serve che tu parle d' 'o sceta',» dicette Dindillo, «quanno tu sî sulamente una d' 'e ccose ca se sta sunnanno. 'O ssaie troppo buono ca tu nun sî vera.»

«I' *songo* vera!» dicette Alice, e accummínciaie a chiagnere.

«Nun è che chiagnenno tu addeviente cchiù vera,» dicette Dindullo, «nun ce sta niente 'a chiagnere.»

«S'io nun fosse vera,» dicette Alice—quase ridenno mmiez' 'e llacreme, tanto c' 'o fatto le pareva strèuzo, «allora nun sarria capace 'e chiagnere.»

«Voglio credere ca tu nun pienze ca cheste so' lacreme *vere*?» mettette vocca Dindillo, guardànnola 'a coppa abbascio.

«I' saccio ca stanno parlanno a schiòvere,» penzaie Alice 'ncap'a essa, «pecchesto è da scieme chiàgnerce ncoppa.» Accussì, s'asciuttaie 'e llacreme e seguitaie, cchiù alleramente che puteva: «Comunque sia, mo 'a meglia cosa pe nnuie è chella d'asci' da 'o vuosco, pecché se sta facenno overo assaie scuro. Penzate ca sta venenno a cchiovere?»

Dindillo arapette 'ncap'a isso e a 'o frate nu mbrello 'e chesta posta e ve guardaie arinto. «No, nun me pare,» dicette, «quanto meno—cca sotto nun ce chiove. Gnernò.»

«Ma pô chiòvere 'a parte 'e *fora*?»

«Certo che pô—si accussì le piace,» dicette Dindullo, «ma nuie nun tenimmo niente 'a dìcere. Tutt' 'o ccuntrario.»

«Pènzano sulo a lloro!» se dicette Alice, e steva quase pe ddìcere "Bona notte" e pe lassarle, quanno Dindillo zumpaie fora 'a sott' 'o mbrello e l'afferraie pe nu puzo.

«'A vide 'sta cosa?» dicette cu na voce arraggiata. E dint'a nu mumento ll'uocchie le se facettero gruosse e gialle, 'ntramente signava cu nu dito ca le tremmava na cusarella janca ca se truvava sott'a ll'arbero.

«Ma è sulo nu sunaglio,» dicette Alice, doppo c'aveva guardato buono buono 'a cusarella janca. «Tiene mente ca nun se tratta 'e na serpe a ssunaglie,» agghiognette subbeto doppo, penzanno che chillo s'era miso appaura: «ma sulo 'e nu sunaglio viecchio—assaie viecchio e scassato.»

«'O ssapevo!» alluccaie Dindillo, accumminncianno a sbattere 'e piere 'nterra e a scipparse tutte' 'e capille da 'a capa. «Sicuro, s'è arruvinato!» E cca guardaie a Dindullo, che s'assettaie subbeto 'nterra e pruvaie a s'annasconnere sott' 'o mbrello.

Alice le pusaie 'a mana ncopp' 'o vraccio e dicette, p' 'o cunfurta': «Ma nun può sta' accussì ncazzato sulo pe nu viecchio sunaglio!»

«Ma nun è viecchio!» alluccaie Dindillo, cchiù arraggiato che maie. «È nuovo, t' 'o ddich'io—l'aggio accattato aiere— chistu bello sunaglio NUOVO!» e aizaie talmente 'a voce che fernette cu nu vero e propio allucco.

Pe tutto 'stu tiempo Dindullo s'era sfurzato meglio che puteva pe se nzerra' dint' 'o mbrello, ch'era na cosa accussì strèvuza c'alluntanaie l'attenzione d'Alice da 'o frate arraggiato. Ma facette fetecchia, pecché fernette pe rummane' arravugliato 'int' 'o mbrello, lassanno 'a fora sulo 'a capa. E rummanette accussì, arapenno e nchiurenno 'a vocca e cu ll'uocchie spaparanzate—«cchiù simmele a nu pesce che a ato,» penzaie Alice.

«Naturalmente, mo cunviene cu mme ca ce avimm' 'a vattere a duviello?» dicette Dindillo, acquitànnose nu poco.

«I' penzo ca sì,» risponnette l'ato ngrugnato, 'ntramente strisciava fora da 'o mbrello, «sulo che *essa* ce ha dda aiuta' a ce vèstere.»

Accussì 'e dduie frate trasèttero dint' 'o vuosco tenènnose pe mmano, e turnàieno nu minuto doppo cu 'e vvracce chiene 'e cose—comme cuscine, cuperte, tappetielle, mesale, mappine e ssicchie pe gravune. «Voglio spera' ca tu fusse capace d'appunta' spìngule e attacca' lazze,» dicette Dindillo. «'E na manera o e n'ata ce avimm' 'a mettere ncuollo tutta 'sta rrobba.»

Tiempo doppo Alice cuntaie ca dint' 'a vita soia nun êva visto maie tant'ammuina pe senza niente—chilli dduie ca nun putevano truva' arricietto—'o zuffunno 'e rrobba ca s'erano schiaffata ncuollo—e 'o ccheffa' ca l'êvano dato p'attacca' lazze e appunta' buttune—«'A veretà, quanno chiste sarranno pronte se truvarranno a essere cchiù duie fangotte 'e vestite viecchie che ato!» s'era ditto Alice 'ntramente sistimava nu cuscino attuorno 'o cuollo e Dindullo, «accussì nun le putevano taglia' 'a capa,» pe comme dicett'isso.

«'O ssaie,» agghiognette cu n'aria appusata, «è una d' 'e ccose cchiù serie ca te pônno capita' 'int'a nu duviello—, ca te tagliano 'a capa.»

A Alice le scappaie na resata, ma arrivaie a farla passa' comm'a na stizza 'e tossa, pe paura 'e ll'uffènnere.

«Te paro assaie pàlledo 'e faccia?» l'addimannaie Dindillo, accustànnose pe se fa' attacca' l'ermo. (Isso 'o *chiammava* ermo, ma certo pareva cchiù na cassarola.)

«Va buo'—sì—nu *pucurillo*,» risponnette Alice, cu 'a bbona manera.

«Soletamente io so' assaie anemuso,» se n'ascette isso cu na vucella, «sulo che ogge me càpeta d'ave' nu càspeto 'e male 'e capa.»

«E i' tengo nu fetente 'e male 'e mola!» se n'ascette Dindullo, ch'êva sentuto 'o lamiento 'e chill'ato. «Sto assaie cchiù peggio 'e te!»

«Quann'è chesto facìsseve meglio a nun cumbattere ogge,» dicette Alice, penzanno ca chisto putev'essere 'o canzo pe s'appacia'.

«Nu poco sempe avimm' 'a cumbattere, po nun serve purtarla a lluongo,» dicette Dindillo. «Mo ch'ore songo?»

Dindullo guardaie 'o rilorgio e dicette: «'E qquatt'e mmeza.»

«Cumbattimmo nzi’ a ’e sseie, e po ce ne jammo a mma-
gna’,» dicette Dindillo.

«Sta buono!» dicette l’ato, nu poco scunsulato, «e essa ce pô
sta’ a guarda’—sulo ch’è meglio ca nun te faie troppo abbi-
cino,» agghiognette, «pecch’io so’ sòleto cogliere tutto chello
che veco—quanno sto overo nfucato.»

«E io coglio tutto chello che sta a ppurtata ’e mana,» alluc-
caie Dindillo, «sia c’ ’o vveco, sia ca nun ’o vveco!»

Alice se facette na resata. «I’ penzo c’allora ve càpeta ’e
chiava’ nu cuófeno ’e mazzate all’*arbere*,» dicette.

Dindillo se guardaie attuorno cu na resatella ’e suddis-
fazione.

«Io nun credo,» dicette, «ca pe quann’avimmo fernuto ce
restarrà ancora quacche arbero pe cca attuorno!»

«E tutto chesto sulo pe nu sunaglio!» dicette Alice, ca tene-
va ancora ’a speranza d’ ’e ffa’ mettere scuorno ’e cumbatte-
re pe na fessaria ’e niente.

«Nun me sarria mpurtato tanto,» dicette Dindillo, «si nun
fosse stato nuovo.»

«Vulesse fa’ veni’ ’o cuorvo mustrouso!» penzaie Alice.

«Ce sta sulamente na spata, ’o ssaie,» dicette Dindillo
’nfacci’ ’o frate, «ma tu puô piglia’ ’o mbrello—tene ’a stessa
ponta. Sulo c’avimm’ ’a accummincia’ ampressa. Se sta
facenno accussì scuro comme cchiù è pussibbele.»

«E pure ancora cchiù scuro,» dicette Dindullo.

Se steva facenno scuro accussì ’e corza, c’Alice penzaie ca
steva p’arriva’ na trupea. «Che nuvulone niro ch’è!» dicette,
«e comme corre veloce! È comme si tenesse ’e scelle!»

«È ’o cuorvo!» alluccaie Dindillo cu na voce zerriante e
mpauruta; e ’e dduie frate aizàieno ncuollo e s’ ’a squagliàie-
no ’int’a na vutata d’uocchie.

Alice currette ’int’ ’o vuosco pe nu tratto piccerillo e se fer-
maie sotto a n’arbero assaie gruosso. «Cca nun me putarrà
maie arriva’,» penzaie, «è troppo gruosso pe se pute’ mpizza’

'mmiez'a ll'arbere. Però vularria ca nun sbattesse ll'ale 'e chesta manera—sta facenno scuppia' na trubbeia 'int' 'o vuosco—cca ce sta 'o sciallo 'e quaccuno ca se ne sta vulanno via!»

CAPITOLO V

Lana e acqua

E parlanno parlanno, afferraie 'o sciallo e se guardaie attuorno 'ncerca d' 'a patrona. Sùbbeto doppo arrivaie 'a Riggina Janca, che curreva p' 'o vuosco comm'a na pazza cu tutt' 'e ddoie 'e bbraccia aperte e stese comme si stesse vulanno, e Alice 'a jette a ncuntra' cu assaie crianza, purtànnole 'o sciallo.

«So assaie felice ca me so' truvata a ppassa' pe 'sta via,» dicette Alice, e l'aiutaie a s' 'o mettere n'ata vota ncopp' 'e spalle.

'A Riggina Janca se lemmetaie a tenerla mente cu na sorta 'e paura mputente, e nun faceva ato che dìcere zittu zitto quaccosa ca sunava comme: «Pane-e-burro, pane-e-burro,» tanto c'Alice penzaie che, si vulevano arriva' a se scagna' quacche parola, avev' 'a essere essa a ppiglia' l'abbiata. Accussì, nu poco scurnosa, accumminciaie a ddìcere: «Pozz'essere all'órdene d' 'a Riggina janca?»

«Va buo', sì, ma sempe ca tu chesto 'o chiamme órdene,» dicette 'a Riggina, «ma 'o fatto, comme 'o veco io, nun è propio accussì.»

Alice penzaie ca nun era cosa accummencia' 'a cummerzazione cu na putecarella, accussì le facette nu surriso e dicette: «Si sulo 'a Maestà vosta me vulesse dìcere a meglia manera p'accummincia', io 'o ffacesse meglio che pozzo.»

«Ma i' nun 'o vvoglio pe niente!» s'allamentaie 'a povera Riggina Janca. «So' nu paro d'ore ca sto pruvanno e me mettere in órdene a ppe mme.»

Pe comme pareva a Alice, sarria stato assaie meglio si chella avesse truvato quaccun'ato c' 'a vesteva, pecché steva overo male cumbinata. «S'è miso tutt' 'e ccose 'e sguincio,»

penzaie Alice 'ncap'a essa, «e tutto se mantene cu 'e spìngule! Ve pozzo adderezza' 'o sciallo?» agghiognette, aizanno 'a voce.

«I' nun saccio a cchisto che l'ha pigliato!» dicette 'a Riggina cuntrariata. «Pô essere ca tene 'a mutria. L'aggio fermato cu na spìngula cca, na spìngula llà, ma nun le va maie bbuono niente!»

«Ma si vuie l'appizzate tutto 'a na banna, chisto nun pô resta' adderitto,» dicette Alice, cunfromme ce l'adderezzava cu garbo; «e, pover'a mme, comme stanno scumbinate 'sti capille!»

«Nce rrummasa attaccata 'a spazzula arinto!» ricette 'a Riggina cu nu suspiro. «E io aiere aggio pure perzo 'o pèttene.»

Alice libberaie chianu chiano 'a spazzula e ll'accunciaie 'e capille comme meglio puteva. «Jammo, che mo parite assaie meglia!» dicette, dopp' 'ave' cagnato 'e posto quase tutte 'e spìngule. «Ma 'a veretà, vuie v'avissev' 'a prucura' na cammarera!»

«So' sicura ca me pigliasse a tte cu piacere!» dicette 'a Riggina. «Duie sorde â semmana, e marmellata nu juorno sì e l'ato no.»

A Alice le scappaie na resata, e dicette: «Ma io nun dicevo pe mme—e po a mme 'a marmellata nun me piace.»

«Ma è na marmellata bona assaie,» dicette 'a Riggina.

«Va bbuono, ma comme sia sia, ogge nun ne tengo nisciuna voglia.»

«Ma ogge nun t'attuccasse manco si 'a vulisse,» dicette 'a Riggina. «'A regula è: marmellata dimane e marmellata aiere—ma maie marmellata ogge.»

«Ma quacche vota ha dda veni' pure 'o mumento d' 'a marmellata ogge,» allebbrecaie Alice.

«No, nun pô veni',» dicette 'a Riggina, «'a marmellata ce sta tutte ll'ati juorne, e ogge nun è n'atu juorno.»

«I' nun ve capisco,» dicette Alice. «È nu ddiece 'e mpapuoc-
chio!»

«Chist'è 'o frutto d' 'a vita arretecone,» spiecaie cu garbo 'a
Rigggina: «a ll'inizio te prucura sempe nu giramiento 'e
capa——»

«'A vita arretecone!» repetette Alice, chiena 'e maraveglia.
«Na cosa 'e cheste nun l'aggio maie sentuta!»

«——ma nce sta pure nu fatto assaie buono, c' 'a memmoria
d' 'e cristiane funziona 'a tutt'e ddoie 'e dderezzione.»

«I' so' certa c' 'a memmoria d' 'a mia funziona sulo a una
derezzione,» allebbrecaie Alice. «Nun me pozzo certo allicur-
da' d' 'e ccose primma ch'esse succèrono.»

«Na memmoria ca funziona sulo arretecone è na cusarella
'e niente,» ncasaie 'a Riggina.

«Ma vuie qua' specie 'e cose v'allicurdate e cchiù?» s'azzar-
daie a addimanna' Alice.

«Oh, chelli ccose ca so' capetate tra nu paro 'e semmane,»
responnette 'a Riggina cu strafuttenza. «Tanto pe ddìcere,
propio mo,»——seguitaie, 'ntramente se metteva nu sparatrap-
po ncopp'a nu dito, parlanno parlanno——«pigliammo 'o
Mmasciatore d' 'o rre. Isso mo sta 'ngalera e sta scuntanno
'a pena, ma 'o pruciesso ancora nun accummencia primma 'e
miercurì. E, comm'è naturale, 'o delitto succedarrà all'urde-
mo a tutto.»

«E si chillo nun 'o fa?» dicette Alice.

«Meglio accussì, nun te pare?» dicette 'a Riggina, 'ntra-
mente fermava 'o sparatrappo attuorn' 'o dito cu nu pezzullo
'e fettuccia.

Alice penzaie che 'sta cosa nun se puteva annija'. «Certo
che sarria meglio,» dicette. «Ma sarria stato assaie meglio si
nun l'avessero casticato.»

«E cca è sicuro c'hê tuorto!» dicette 'a Riggina. «Tu sî maie stata casticata?»

«Sulo pe fessarie,» dicette Alice.

«E chesto sicuro t'ha fatto buono!» scrammaie triunfante 'a Riggina.

«Sì, ma allora io 'e ccose pe me castica' l'êvo fatte,» dicette Alice, «e cchesto fa 'a defferenzia!»

«Ma si tu nun l'avisse fatte,» dicette 'a Riggina, «sarria stato meglio ancora; meglio, e meglio, e meglio!» e 'a voce le s'aizava p'ogne «meglio» ca l'asceva 'a vocca, nzi' a quanno addeventaie n'allucco.

Alice steva pe ddìcere: «Cca ce sta quaccosa 'e sballato—» quann' 'a Riggina accumminciaie a allucca' accussì forte ch'essa avett' 'a lassa' 'a frase a mmità. «Ahi, ahi, ahi,» alluccava 'a Riggina, scutulianno 'a mana comme si se l'avesse vuluta sculla'. «Me sta ascenno 'o sanghe da 'o dito, ahi, ahi, ahi!»

Ll'allucche che cacciava erano accussì sìmmele a 'o sisco 'e na lucumutiva a vvapore, c'Alice s'avett' 'a mettere tutt'e ddoie 'e mmane ncopp' 'e rrecchie.

«Ch'è stato?» dicette appena avette 'o canzo 'e se fa' sèntere. «Ve site pognuta 'o dito?»

«Ancora nun m' 'o so' pognuto,» dicette 'a Riggina, «ma succedarra' a mmumente—, ahi, ahi, ahi!»

«Ma quanno penzate c'avess' 'a succedere?» addimannaie Alice, ca speriva 'e se fa' na bella resata.

«Comme m'apponto n'ata vota 'o sciallo,» s'allamentaie 'a Riggina, «'a spilla 'e nutriccia s'arape una bbotta, ahi, ahi!» E 'ntramente diceva 'sti parole 'a spilla s'arapette e 'a Riggina l'afferraie 'e pressa e cercaie d' 'a nchiudere n'ata vota.

«Stàteve accorta!» alluccaie Alice. «'A state piglianno tutt' 'o ccuntrario!» E abbrancaie 'a spilla. Ma era troppo tarde: 'a spingula era sciuliata e 'a Riggina s'era pognuto 'o dito.

«Chest'è 'a raggione d' 'o sanghe, mo 'o vvide!» dicette cu na resella a Alice. «Mo tu puo' capi' cca 'e ccose comme vanno.»

«Ma vuie mo pecché nun alluccate?» addimannaie Alice, tenenno 'e mmane pronte pe s'appila' n'ata vota 'e rrecchie.

«Pecché già me so' fatta na bella alluccata,» dicette 'a Riggina. «Che sfizio ce stesse a 'o ffa' n'ata vota?»

Pe tramente, steva schiaranno juorno. «Penzo c' 'o cuorvo se ne sarrà vulato 'a n'ata parte,» dicette Alice, «so' assaie cuntenta ca se n'è gghiuto. I' me crerevo ca steva scuranno notte.»

«Vuless'essere cuntenta pur'io!» dicette 'a Riggina. «Sulo ca nun m'arricordo comme se fa. Tu hê 'a essere assaie felice, visto ca campe 'int'a 'stu vuosco e puo' sta' cuntenta tutt' 'e vvote che vuo'!»

«Sulo che cca uno se sente assaie sulo!» dicette Alice cu na voce afflitta. E, penzanno a ccomme se senteva sola, le scennettero 'nfaccia dduie lacremune.

«Oh, nun fa' accussì!» scrammaie 'a povera Riggina, turcènnose 'e mmane p' 'a disperazione. «Penza che sî nu piezz' 'e guagliona. Penza che strata longa hê fatta ogge. Penza a cche or'è. Penza a chello ca te pare, abbasta ca nun chiagne!»

Alice nun putette fa' ammeno 'e se fa' na resata, pure si mmiez' 'e llacreme. «Pecché, si vuie ve mettite a penza' a quaccosa site capace 'e nun ve mettere a chiagnere?» addimannaie.

«Chesta è 'a manera p' 'o ffa',» dicette 'a Riggina assaie arresoluta: «nisciuno pô fa' ddoie cose ô stesso mumento. Tanto p'accummincia', penzammo all'età toia—quant'anne tiene?»

«Justo sett'anne e mmiezo.»

«Nun serve ca tu pricise 'stu "justo",» dicette 'a Riggina. «I' te pozzo credere pure senza 'e chesto. Mo te dong'io quaccosa 'a crédere. I' tengo justo cienteuno anne, cinche mise e nu juorno.»

«Nun ce pozzo crédere!» dicette Alice.

«Nun ce puo' crédere,» dicette 'a Riggina cu cumpassione. «Pruóvace n'ata vota: fa' nu bello rispiro, e nchiure ll'uocchie.»

Alice se facette na resata. «Pruva' nun serve a niente,» dicette, «uno nun pô crédere maie a 'e ccose mpussibile.»

«A mme me pare ca tu nun tiene assaie pratteca,» dicette 'a Riggina. «Quann'io tenevo l'aità toia, io facevo sempe pratteca pe na mez'ora ô juorno. Accussì cierti vvote, primm' 'e culazzione, ero capace 'e me credere nzi' a seie cose mpussibbele. 'Stu sciallo se ne sta fujenno n'ata vota!»

'Ntramente parlava 'a spilla s'era araputa ancora na vota e na réfola 'e viento mpruvisa se purtaie 'o sciallo d' 'a Riggina all'ata parte 'e nu sciummariello. E 'a Riggina arapette n'ata vota 'e bbraccia e le currette appriesso comme si stesse vulanno, e cchesta vota ngarraie a afferrarlo essa sola. «L'aggio anchiappato!» alluccaie tutta triunfante. «E mo te faccio abbede' comme 'o spillo me l'apponto n'ata vota i' sola!»

«Allora io spero che mo 'o dito vuosto sta nu poco meglio?» dicette Alice cu crianza, e accussì attraverzaie 'o sciummarriello appriess' 'a Riggina.

*   *   *   *

  *   *   *

*   *   *   *

«Oh, assaie meglio!» alluccaie 'a Riggina, cu na voce c'addeventava sempe cchiù zerriante, via via che ghieva annanze. «Assaie me-glio! Me-e-e-eglio! M-e-ee!» Ll'urdema parola fernette cu nu luongo beee, accussì simmele a chillo 'e na pecura c'Alice facette nu zumpo.

Guardaie 'a Riggina, che pareva comme si dint'a na vutata d'uocchie se fosse arravugliata 'int' 'a lana. Alice se sceriaie ll'uocchie, e guardaie n'ata vota. Nun arrivava a capi' che putev'essere succieso. Mo se truvava dint'a na puteca? E overo—era overo na pecura ca steva assettata all'ata parte d' 'o bbancone? Pe quanto se sceriasse ll'uocchie nun uttenette ato: se truvava dint'a na putechella scura, 'e gùvete appujate ncopp' 'o bbancone, e annaz'a essa ce steva na vecchia Pecura assettata 'int'a na pultrona, che faceva 'a cazetta e che, de vota 'nvota, se fermava p' 'a tene' mente attravierzo nu paro 'e lente 'e chesta posta.

«Che te vuo' accatta'?» dicette finarmente 'a Pecura, guardànnola pe nu mumento 'a copp' 'e fierre.

«Ancora nun 'o ssaccio,» risponnette Alice, cu gentilezza. «Me vulesse primma guarda' attuorno. Sempe c' 'o ppozzo fa'.»

«Si te fa piacere, puo' guarda' annanze a tte, e 'a cca e 'a llà,» dicette 'a Pecura; «ma certo nun te puo' guarda' attuorno—sempe ca nun tiene nu paro d'uocchie arret' 'a capa.»

Accussì, visto ca nun 'e tteneva, Alice s'accuntentaie e se fa' nu giro tuorno tuorno, guardanno 'e stiglie che via via se truvava annanze.

'A puteca pareva chiena 'e tanti ccose curiose—ma 'a cosa cchiù curiosa era ch'ogne vota ch'essa appezzava ll'uocchie ncopp'a nu stiglio, pe vede' buono che ce steva arinto, 'stu stiglio era sempe vacante, abbenché tutte ll'ate attuorno erano accussì chine che 'a rrobba asceva pe ffora.

«Ma è comme si 'e ccose sfujessero,» essa cunchiudette scunzulata, doppo ch'êva passato quase nu menuto a secuta' a vvacante na cosa grossa e culurata. Che na vota pareva na pupata, e n'ata vota pareva nu panariello pe ccucito, e che se truvava sempe dint' 'o stiglio ca steva ncopp'a chillo ch'essa steva guardanno. «E cchesta è 'a cosa cchiù schiattosa 'e tutte ll'ate—ma mo saie che te dico—» agghiognette, comme si tutto nzieme l'avesse còveta na penzata. «'A secutarraggio nsino a 'o stiglio cchiù àveto 'e tutte ll'ate. Nun voglio credere ca passarrà 'o suffitto!»

Ma pure 'stu designo fernette 'nfieto: 'a cosa passaie cóveta cóveta 'o suffitto, comme si nun avesse maie fatto ato.

«Sî na criatura o nu strummolo?» dicette 'a Pecura, piglianno n'atu paro 'e fierre. «Si cuntinue a gghi' tuorno tuorno 'e chesta manera, me faie veni' nu capestuóteco.» Mo essa steva faticanno cu quattuordece pare 'e fierre dint' 'o stesso mumento, e Alice nun putette fa' ammeno d' 'a tènere mente cu tanto d'uocchie.

«Comme se *pônno* mania' tanta fierre?» s'addimannaie 'a criatura, facènnose 'a croce. «Chesta n'assomma cchiù e cchiù tutt' 'e mumente, comm'a nu riccio!»

«Sî ccapace a vvuca'?» addimannaie 'a Pecura, e parlanno parlanno, le cunzignaie nu paro 'e fierre.

«Sì, nu pucurillo—ma no 'nterra—e no cu 'e fierre—» steva pe ddicere Alice, quanno, 'antrasatta, 'e fierre le se cagnàieno 'mmano e addeventàieno rimme, e 'a puteca addeventaie na varchetella che sciuliava mmiez'a ddoie sponne. Accussì nun le restava ato, che fa' 'o mmeglio che puteva.

«Penna!» alluccaie allora 'a Pecura, piglianno n'atu paro 'e fierre.

Pe comme l'êva ditto nun pareva ca s'aspettava na resposta. Accussì Alice nun dicette niente, ma se mettette a vvuca'. Penzaie che l'acqua teneva quaccosa d'assaie curiuso:

ogne tanto na vota, 'e rimme nce se mpezzavano arinto e
fatecàvano a turna' fora.

«Penna! Penna!» alluccaie n'ata vota 'a Pecura, afferranno
ancora ati fierre. «Tu pigliarraie nu rancio primm' 'e mo.»

«N'ammore 'e rancetiello,» penzaie Alice. «'Sta cosa me
piacesse.»

«Nun hê ntiso quanno aggio ditto "Penna"?» alluccaie
arraggiata 'a Pecura, afferranno na vrancata 'e fierre.

«Sì, aggio ntiso,» dicette Alice: «vuie l'avite ditto cchiù 'e na vota—e pure alluccanno. Pe piacere, addó stanno 'sti rance?»

«Dint'a ll'acqua, è naturale!» dicette 'a Pecura, mpizzànnose quaccuno d' 'e fierre dint' 'a pelliccia, pecché ne teneva 'e mmane chiene. «Penna, aggio ditto!»

«Ma se pô sape' pecché vuie seguitate a ddìcere "Penna"?» addimannaie finarmente Alice, nu poco scucciata. «I' nun songo n'auciello!»

«E mmece sì,» dicette 'a Pecura, «tu sî na paparella.»

Chesto ferette nu poco Alice. Accussì, pe nu minuto o duie, essa nun dicette manco na parola, 'ntramente 'a varca sciuliava doce doce, passanno cierti vvote mmiez'a cceppe d'èvera (addó 'e rimme se mpeccecavano peggio che maie), e ccierti vvote sott'a ll'arbere, ma sempe cu 'e stesse sponne, aute e grunnose, ncopp' 'e ccape lloro.

«Oh, pe ppiacere! Ce stanno cierte junche addiruse!» alluccaie Alice, grillianno p' 'a cuntentezza. «Overo ce stanno—e comme so' belle!»

«Ma nun serve che pe bbia 'e lloro me dice "pe ppiacere",» dicette 'a Pecura senza aiza' ll'uocchie 'a copp' 'e fierre: «nun so' stata io ca l'aggio mise lloco, e manco c' 'e stongo luvanno.»

«No, ma i' vulevo dìcere—pe ppiacere, ce putimmo ferma' pe ne cogliere nu poco?» supprecaie Alice. «Si nun ve dispiace 'e ferma' 'a varca pe nu mumento.»

«Ma comme l'avess' 'a ferma', io?» dicette 'a Pecura. «Si tu fernisce 'e vuca', essa se ferma appedessa.»

Accussì 'a varca fuie lassata libbera 'e se fa' purta' d' 'a currente comme vuleva, nzi' a quanno sciuliaie doce doce mmiez' 'e junche che unnejavano. E allora 'e mmanechelle fuieno tirate ncoppa cu ccura e 'e vraccelle affunnate 'int'a ll'acqua ansin' 'o gùveto, pe ccogliere 'e junche cchiù a ffunno ca se puteva—e pe tramente Alice se scurdaie 'ntutto 'e chel-

la Pecura che faceva 'a cazetta, e restava abbuccata ncopp'
'o scianco d' 'a varca, struscianno 'e pponte d' 'e capille ncop-
p'a ll'acqua—addó cu ll'uocchie appicciate e vuliuse cuglieva
nu mazzo doppo l'ato 'e chilli junche addiruse c' 'a facevano
speri'.

«I' spero sulo ca nun s'abbòteca 'a varca!» diceva 'ncap'a
essa. «Ma quant'è bellillo chisto! Sulo ca nun ce arrivo.» E
pareva overo ch'isso vuleva sfruculia' 'a mazzarella 'e san
Giuseppe (pare comme si 'o ffacesse apposta, essa penzaie)
pecché, pe quanto ce 'a faceva a piglia' nu cuófeno 'e belli
junche 'ntramente 'a varca sciuliava, pure ce ne steva sempe
uno cchiù bello ca essa nun arrivava a afferra'.

«'E cchiù accunciulille so' chille che stanno sempe cchiù
luntane!» dicette all'ùrdemo, suspiranno p' 'a mpuntatura d'
'e junche 'e vule' sguiglia' accussì luntane. E cu 'e mmasche
appizzate, capille e mmane pisciuliante, se tiraie ncopp' 'o
scanno suio e se mettette a sistima' 'stu tesoro nuviello.

Che le puteva mpurta', justo a cchillo mumento, ca 'e jun-
che stévano accummincianno a s'ammuscia' e a pperdere
tutto l'addore e 'a bellezza 'e quanno l'êva cuóvete? Comme
sapite, pure 'e junche addiruse vere durano poco tiempo—e
cchiste, ch'erano junche sunnate, se squagliavano quase
comm' 'a neva, 'ntramente se truvavano ammuntunate abbi-
cin' 'e piere—ma Alice quase nun se n'addunaie. Ce steva a
penza' a ttant'ati ccose curiose.

Nun erano arrivate troppo annanze, quanno 'a palella 'e
uno d' 'e rimme se mpizzaie dint'a ll'acqua e nun vuleva
cchiù asci' 'a via 'e fora (accussì Alice spiecaie aroppo), e 'o
resultato fuie c' 'o màneco 'a cugliette sott' 'a vàvera, e cu
tutto c' 'a povera Alice cacciava na sequenzia d'allucchicielle:
«Ahi, ahi, ahi!» 'a sbalanzaie da 'o scanno e 'a facette cade'
mmiezo a ll'ammasso d' 'e junche.

Essa però nun se facette male e zumpaie subbeto allerta: 'a
Pecura êva seguitato a fa' 'a cazetta propio comme si niente

fosse. «Hê pigliato nu bello rancio!» dicette, 'ntramente Alice se ne steva turnanno ô pizzo suio, assaie cuntenta 'e se truva' ancora a bbuordo.

«Overamente? Nun l'aggio visto,» dicette Alice, smiccianno accorta 'a copp' 'a sponna d' 'a varca dint'a ll'acqua scura. «Vulesse ca nun se ne fosse fujuto—me sarria piaciuto 'e me purta' â casa nu rancetiello—» ma 'a Pecura se lemmetaie a se fa' na resata 'e despriezzo, e repigliaie a fa' 'a cazetta.

«Ce stanno assaie rance cca?» addimannaie Alice.

«Rance, e ogne specie 'e cose,» risponnette 'a Pecura: «nu cuófeno 'e rrobba, t'hê 'a sulo arresòrvere. Allora, che te vuo' accatta'?»

«Accatta'!» dicette Alice 'a copp' 'a mana, cu n'aria meza frasturnata e meza appaurata—pecché 'e rimme d' 'a varca e 'o sciummo erano sparute una bbotta, e mo essa se truvava n'ata vota dint'a chella putechella scura.

«Pe ppiacere, me vulesse accatta' n'uovo,» dicette scurnosa, «a qquanto 'e vvennite?»

«Uno a ccinche sorde—duie a dduie sorde,» risponnette 'a Pecura.

«Comm'è che ddoie ova so' cchiù cummeniente 'e uno sulo!» se facette maraveglia Alice, caccianno 'o vurzellino.

«Ce sta sulo 'o fatto ca si te n'accatte nu paro, te l'hê 'a magna' tutte' 'e dduie,» dicette 'a Pecura.

«Allora ne voglio *uno sulo*, pe ppiacere,» dicette Alice, cunfromme metteva 'e sorde ncopp' 'o bbancone. Pecché penzaie 'ncap'a essa: «chi 'o ssape, putarriano essere malamente.»

'A Pecura se pigliaie 'e sorde e 'e mmettette dint'a na scatula. Po dicette: «Io 'e ccose che venno nun 'e cunzegno maie 'mman'â ggente—nun s'avess' 'a maie fa'—te l'hê 'a piglia' pe ccunto d' 'o tuio. E, accussì dicenno, se ne jette a ll'atu capo d' 'a puteca, e mettette l'uovo 'ncimma a nu stiglio.»

«Vulesse propio sape': Ma ppecché cunzegnarle nun sta bbuono?» penzaie Alice 'ntramente branculiava mmiez'a ttavule e ssegge, pecché nfunn' 'a puteca era assaie scuro. «Cchiù m'abbecino e cchiù pare ca l'uovo s'alluntana. Famme vede', è na seggia chesta? Pecché, ve l'aggia dìcere, chesta tene 'e ramme! È assaie curiuso truva' n'arbero cca dinto! Ma ce sta pure nu sciummariello! Va bbuo' aggio capito, chest'è 'a puteca cchiù strèuza ch'aggio vista maie!»

Accussì seguitaie, facènnose cchiù e cchiù maraveglia a ogne passo che muveva, visto che tutt' 'e ccose addeventavano arbere via via ca ll'arrivava, e, na vota ch'è chesto, essa s'aspettava che pure l'uovo faceva 'a stessa fine.

CAPITOLO VI

Uvicciullo

Comunque sia, l'uovo se lemmetaie a se fa' sempe cchiù gruosso e cchiù gruosso, e sempe cchiù a fforma 'e crestiano: quann'essa arrivaie a ppoche metre 'a isso vedette che teneva uocchie, naso e vocca, e quanno le s'accustaie cchiù vecino, vedette chiaro e tunno ca se trattava 'e UVICCIULLO 'ncarne e ossa. «Nun putarria essere nisciun'ato!» dicette 'ncap'a essa. «Ne so' sicura comme si purtasse 'o nomme scritto 'nfaccia!»

E ncoppa a chella faccia spruposetata ce fosse stato tutt' 'o spazio pe nce 'o scrivere facirmente pe nu centenaro 'e vôte. Uvicciullo steva assettato, cu 'e ccosce 'ncroce comm'a nu turco, 'ncimma a nu muro àuto—accussì astrinto c'Alice se facette maraveglia ca nun s'arrutecava—e visto che chisto teneva ll'uocchie appezzate 'a chell'ata parte e pareva che nun l'êva propio vista, essa fernette p' 'o piglia' pe nu pupazzo mpagliato.

«Ma comm'è tale e quale a n'uovo!» dicette forte, stennenno 'e mmane pronta pe l'afferra', pecché s'aspettava che puteva cade' 'a nu mumento a ll'ato.

«'Stu fatto 'e se senti' chiamma' uovo,» dicette Uvicciullo doppo ch'era stato zitto a lluongo, e guardanno luntano 'a do' steva Alice, «fa attacca' *assaie* 'e nierve—*assaie!*»

«Io, signore mio, aggio ditto ca vuie *arresumigliate* a n'uovo,» mettette 'nchiaro Alice cu crianza. «E ce stanno ova ca so' assaie aggraziate,» agghiognette, speranno d'avuta' 'sta spiecazione comm'a na specie 'e cumprimento.

«Certa gente,» dicette Uvicciullo, guardanno comm' 'o ssòleto 'a ll'ata parte, «nun tene cchiù giudizio 'e nu criaturo!»

A cchesta asciuta Alice nun sapette cchiù che dìcere, penzaie che chesta nun era pe niente na cummerzazione si isso nun diceva niente a *essa*; comme 'nfatte è sicuro ca l'urdemo cummmento l'êva nderezzato a n'arbero—accussì tenette 'mmano e recetaie chianu chiano appedessa:—

> *«Uvicciullo 'a copp' 'o muro:*
> *Uvicciullo carette sicuro.*
> *E 'e tutt' 'e cavalle e 'e surdate d' 'o Rre,*
> *aiza' ncoppa Uvicciullo nisciuno pute'.»*

«Chist'urdemo vierzo è troppo luongo p' 'a puisia,» agghiognette parlanno forte, scurdànnose ca Uvicciullo 'a puteva senti'.

«Mmece 'e te ne resta' accussì, a te parla' ncuollo,» dicette Uvicciullo tenènnola mente p' 'a primma vôta, «dimme comme te chiamme e che mestiere faie.»

«'O *nomme* mio è Alice, ma—»

«È nu nomme nu poco nzìpeto!» trasette 'mmiezo Uvicciullo spacienziuso. «Che vô dìcere?»

«Ma afforza nu nomme ha dda vule' dìcere quaccosa?» addimannaie Alice unnianno.

«Certo che sì,» dicette Uvicciullo cu na resatella: «'o nomme *mio* vô significa' 'a forma 'e comme songh'io—ca è propio na forma bella assaie. Cu nu nomme comm'a chillo ca tiene tu, putisse tene' ogne specie 'e forma.»

«Pecché ve ne state cca sulo sulo?» addimannaie Alice, ca nun vuleva accummincia' a fa' storie.

«Pecché? pecché nzieme cu mme nun ce sta nisciuno!», scrammaie Uvicciullo. «Niente niente tu te penzave ch'io a *cchesto* nun te sapevo respònnere? Addimànname quacc'ata cosa.»

«Nun penzate ca stìsseve cchiù sicuro cca 'nterra?» seguitaie Alice, ma no cu l'idea 'e le fa' n'ata dimanna, ma sulo pecché steva overo 'mpenziero pe chella strana criatura. «Chillo muro è assaie suttile!»

«Ma comme càspeta so' facele 'st'annevenielle ca me faie!» vruntuliaie Uvicciullo. «Certo che no! Pecché s'io cadesse 'a cca ncoppa—cosa ca nun pô succedere—ma si me capetasse—» e cca isso astregnette 'o musso, s'attiggiaie e se sparàie na posa, *«'o Rre m'ha prummiso*—ah, si te fa piacere puo' pure fa 'a faccia janca! Tu nun te puo' mmaggena' chello ca te sto pe ddìcere, nun è overo? *'O Rre m'ha prummiso—propio cu chella vocca soia—ca—ca—*»

«Ca mannava tutt' 'e cavalle e ttutte ll'uómmene d' 'e suoie,» ascette 'mmiezo Alice, nu poco sventatella.

«Mo dico ca 'stu fatto è propio malamente!» alluccaie Uvicciullo, sentènnose crepa' 'ncuorpo. «Tu sî stata a ausulia' aret' 'a porta—'mmiez'a ll'arbere—e abbascio 'e cacciafummo d' 'o fucone—osinò chesto nun l'avisse pututo sape'!»

«V' 'o ggiuro ca nun l'aggio fatto!» dicette Alice cu na bona manera. «Sta scritto 'int'a nu libbro.»

«Accussì va buono! Pô essere ca scrivono chesti ccose 'int'a nu *libbro*,» dicette Uvicciullo cu na voce cchiù carma. «Chest'è chello che vuie chiammate 'a Storia 'e ll'Inghilterra. E mo guàrdame bbuono 'nfaccia. Io song'uno c'ha parlato cu

'o Rre, propio io: pô essere ca nun te capeta cchiù 'e ne vede' n'ato suóccio. E pe t'addemustra' ch'io nun songo uno 'e chille ca s' 'o crérono, te cunzento 'e me strégnere 'a mana.» E facette nu surriso ca le jeva quase 'a na recchia all'ata; e 'ntramente se chiejava annanze (e poco mancaie ca facenno accussì nun careva da 'o muro) uffrette 'a mana a Alice. Essa 'a pigliaie e 'o tenette mente apprenziva: «Si redesse nu poco 'e cchiù, ll'angule d' 'a vocca le se ncuntrassero â parte 'e reto,» penzaie: «e allora io nun saccio *che cosa* putesse succedere â capa soia! Tengo paura ca se putesse sculla'!»

«Sì, hê ditto buono, tutte 'e cavalle e ttutte ll'uómmene d' 'o Rre,» seguitaie Uvicciullo. «Me tirassero n'ata vota ncoppa 'int'a nu menuto! Comunque sia, chesta cummerzazione sta currenno nu poco troppo: turnammo a cchello ca stévamo dicenno nu paro d'argumiente fa.»

«Aggio paura ca nun m'allicordo 'e che se trattava,» dicette Alice cu bona crianza.

«Quann'è accussì, accumminciammo da 'o capo,» dicette Uvicciullo, «e mo è 'o turno mio 'e scegliere 'o suggetto—» («Chisto ne parla propio comme si fosse na partita!», penzaie Alice). «Accussì chesta è 'a dimanna pe te. Quant'anne hê ditto ca tenive?»

Alice se facette 'o cunto, e risponnette: «Sett'anne e seie mise.»

«Sbagliato!» scrammaie Uvicciullo tutto cuntento. «Tu 'sta cosa nun l'hê ditta maie!»

«I' me penzavo ca vuie vulìveve dìcere "Quant'anne tiene?",» spiecaie Alice.

«S'io avesse vuluto dìcere chesto, avarria ditto chesto,» dicette Uvicciullo.

Alice nun vuleva accummincia' n'ata discussione, accussì nun dicette manco na parola.

«Sette anne e seie mise!» repetette Uvicciullo penzaruso. «Se tratta 'e n'età scónceca. Mo si tu m'avisse cercato nu cunziglio, io t'avarria ditto "Làssala a sett'anne"—ma mo è troppo tarde.»

«Io nun cerco maie cunziglie ncopp' 'o fatto d' 'o ccrescere,» s'arresentette Alice.

«Troppo superbiosa?» se nfurmaie l'ato.

A cchesta asciuta Alice se nquartaie ancor' 'e cchiù. «Voglio dìcere,» sbuttaie, «che uno nun pô fa' ammeno 'e crescere.»

«È capace ca *uno* nun pô,» dicette Uvicciullo; «ma *duie* sì. Cu nu buono aiuto avisse pututo lassa' a sett'anne.»

«Che bella cintura che tenite!» se n'ascette bell'e bbuono Alice (Essa penzaie ca 'e 'sta storia 'e ll'età se n'era parlato abbastantamente, e po' che si ce steva nu turno pe scegliere 'e suggette d' 'a cummerzazione, mo tuccava a essa.) «Pe ddìcere meglio,» apparaie, penzànnoce ncoppa, «na bella cruvatta, vulevo dìcere—no, na, cintura, dico—ve cerco scusa!» agghiognette scunzulata, pecché pareva che Uvicciullo s'era pigliata assaie collera, e essa accumminciaie a magnarse 'e mmane pecché êva miso 'mmiezo chill'argumiento. «Io avess' 'a avut' 'a sape',» penzaie 'ncap'a essa «qual'era 'o cuollo e qual'era 'a vita!»

Chello ch'è certo è che Uvicciullo steva nquartato, ma pe nu paro 'e minute nun arapette vocca. Quanno parlaie n'ata vota fuie nu mbrusuniamiento cupo.

«Chesta è—*na*—*cosa*—ca te scippa 'e paccare 'a mano,» dicette all'ùrdemo, «quanno nu crestiano nun sape destinguere na cruvatta 'a na centura!»

«'O ssaccio, pe mme è propio na ciucciaria,» dicette Alice, cu nu tono accussì nurmale ca Uvicciullo se carmaie.

«È na cruvatta, figliola, e una 'e chelle belle, comme dice tu. È nu rialo d' 'o Rre e d' 'a Riggina Janche. Hê capito niente!»

«Overamente?» dicette Alice cu 'o core 'int' 'o zzuccaro pecché finarmente êva truvato nu buono argumiento.

«Me l'hanno data,» seguitaie penzaruso, 'ntramente ncavallava nu denucchio ncopp'a ll'ato e s' 'o teneva cu 'e mmane, «me l'hanno data—comme rialo 'e nun nàsceta.»

«Scusateme tanto, ma che vulite dìcere?» addimannaie Alice, cu n'aria frasturnata.

«I nun me songo uffeso,» allebbrecaie Uvicciullo.

«Voglio dìcere, ma che è 'stu rialo 'e nun nàsceta?»

«Nu rialo ca te fanno quanno nun è 'a nàsceta toia, me pare naturale.»

Alice ce penzaie nu poco ncoppa. «A me me piaceno 'e cchiù 'e riale 'e nàsceta,» cunchiudette.

«Tu nun saie chello che dice!» scrammaie Uvicciullo. «Quanta juorne ce stanno dint'a n'anno?»

«Trecientosissantacinche, dicette Alice.

«E tu quanta juorne 'e nàsceta tiene?»

«Uno.»

«E si tu lieve uno 'a trecientosissantacinche che te rummane?»

«Trecientosissantaquatto, è naturale.»

Uvicciullo 'a tenette mente penzaruso. «Me piacesse 'e cchiù d' 'o vede' scritto ncopp'a nu piezzo 'e carta,» dicette.

Alice nun putette fa' ammeno 'e se fa na resatella e, caccianno nu libbretielo p' 'e note, facette 'o cunto pe isso:

$$365$$
$$\underline{1}$$
$$364$$

Uvicciullo pigliaie 'o libbretiello e 'o guardaie attentamente. «Me pare ben fatto—» accumminciaie.

«Ma vuie 'o state tenenno a ccapa sotta!» ascette 'mmiezo Alice.

«Uh, è overo!» dicette Uvicciullo alleramente, 'ntramente essa ce l'avutava. «Me pareva nu poco curiuso. Comme stevo dicenno, me pare ch'è fatto buono—pure si nun tengo 'o tiempo d' 'o cuntrulla' buono justo mo—e chesto te fa vede' ca ce stanno trecientosissantaquatto juorne ca tu putisse ave' riale 'e nun nàsceta—»

«Chest'è poco ma sicuro,» dicette Alice.

«E uno sulamente p' 'e riale 'e nàsceta, mo 'o ssaie. Chesta è 'a grolia pe tte!»

«I' nun capisco che vulite dìcere cu 'stu "grolia",» dicette Alice.

Uvicciullo le facette na resatella a ddispietto. «È naturale ca tu nun capisce—nzi' a quanno nun t' 'o ddico io. Voglio dìcere "chist'è nu buono argumiento pe te stènnere longa longa 'nterra!"»

«Ma "grolia" nun vô dìcere "nu buono argumiento pe te stènnere 'nterra",» cuntraddicette Alice.

«Quann'io auso na parola,» dicette Uvicciullo, tenènnola mente 'a copp'abbascio, «chesta vô dìcere sulo chello ch'io voglio c'ha dda signìfeca'—né cchiù e né meno.»

«A quistione,» allebbrecaie Alice, «è si vuie tenite 'o putere 'e decreta' ca 'e pparole signìfecano tanti ccose deverze.»

«'A quistione,» cunchiudette Uvicciullo, «è chi è che cumanna—chesto è tutto.»

Alice steva troppo frasturnata pe pute' dìcere quaccosa, accussì nu minuto doppo Uvicciullo accumminciaie n'ata vota. «Cierti pparole so' accussì ntruppecose—spicialmente 'e vierbe songo chille cchiù arbasciuse—cu ll'aggettive puo' fa' chello che bbuo', ma no cu 'e vierbe—comunque sia, io 'e ppozzo fa' correre tutte quante! Scuretòrio! Chesto è chello che dich'io!»

«Pe ppiacere, me vulìsseve spieca',» dicette Alice, «mo chesto che vô dìcere?»

«Mo sì che staie parlanno comm'a na figlióla c'arraggiona, «dicette Uvicciullo, tenènnola mente tutto cuntento. «Cu "scuretòrio" i' voglio di' ca me so' fatta na panza tanta 'e 'stu suggetto, e sarria buono ca mo tu me dicisse appriesso che vuo' fa', pecché penzo che nun te vuo' ferma' cca p' 'o riesto d' 'a vita toia.»

«Ma vide nu poco quanti ccose pô signifeca' na parola sola,» dicette Alice penzarosa.

«Quann'io dongo a na parola tanto lavoro comm'a chisto,» dicette Uvicciullo, «io le pavo 'o straurdinario. »

«Oh!» dicette Alice. Essa steva troppo frasturnata pe pute' agghiognere ato.

«Ah, tu aviss' 'a vede' comme vènono addu me o sabbat'assera,» seguitaie Uvicciullo, scutulianno tomo tomo 'a capa 'a na parte all'ata, «p'arrecògliere 'o cumpenzo, tiene mènte.»

(Alice nun s'azzardaie a l'addimanna' cu che cosa 'e ppavava; e accussì vuie vedite ch'io un v' 'o pozzo di').

«Signore mio, vuie che parite accussì bravo a spieca' 'e pparole,» dicette Alice. «me vulìsseve dìcere, pe gentilezza, 'o significato d' 'a puisia chiammata *"Barbugliatone"*?»

«Fammélla senti',» dicette Uvicciullo. «I' so' capace a spieca' ogne puisia ch'è stata maie nventata—comme pure nu cuófeno 'e chelle c'ancora nun so' state nventate.»

'Sta resposta 'a regnette 'e speranza, accussì Alice repetette 'e primme vierze:—

«Assideciore 'e tasciò nzervatiello
  vrialàrono 'o ciarluogno, teroccianno
mutrìvuze; scamava lu scauciello
  e 'o verduorco scasava starnuscanno.»

«Chesto abbasta p'accummincia',» 'a fermaie Uvicciullo: «Cca ce stanno già assaie parole cumpricate. *"Assideciore"* vene a ddìcere 'e qquatto doppo miezejuorno—'o mumento ca tu abbie a arróstere 'a rrobba p' 'a cena.»

«Aggio capito,» dicette Alice: «e *"nzervatiello"*?»

«Be', *"nzervatiello"* vene a ddìcere "sverdo e nzevato". Pecché sverdo è 'a stessa cosa 'e *"friccecariello"*. Tiene mente, è comm'a nu baùglio—ce stanno duie segnifecate mpezzate 'int'a una parola.»

«Mo aggio capito,» dicette Alice penzarosa: «e che so' 'e *"tasciò"*?»

«Be', 'e *"tasciò"* songo quaccosa comm' 'e tasse—songo quaccosa comm' 'e lacerte—e songo comm' 'e tirabbusciò.»

«Hann' 'a essere criature assaie strèvuze 'a vede'.»

«So' propio accussì,» dicette Uvicciullo: «e fanno 'e nide sott' 'e mmeridiane—e po' màgnano furmaggio.»

«E che vene 'a ddi' *"vrialàrono"* e *"teroccianno"*?»

«*"Teroccianno"* vene a ddìcere gira' tuorno tuorno comm'a na teròcciola. E *"vrialàrono"* fa' nu pertuso comm'a na vriala.»

«E "*ciarluogno*" ha dda essere 'o ciardeniello attuorn' 'a meridiana, penz'io?» dicette Alice, spantata pe comm'era stata adderitta.

«È prop'isso. Se chiamma "*ciarluogno*", tiene mente, pecché primm' 'e ce arriva' ce sta na via longa e ce vô assaie tiempo—»

«E ancora na via longa 'a tutt' 'e pparte,» agghiognette Alice.

«Propio accussì. Sta buono, e po' "*mutrìvuze*" è "smìvuze e mutriuse" (se tratta 'e n'ato bauglio pe tte). E nu "*scauciel-*

lo" è n'auciello peliento e scamuso, cu 'e ppenne c'agghiettano pe tutte parte—quaccosa comm'a nu scupillo ca se move.»

«E po, "*verduorco*"?» addimannaie Alice. «Aggio paura ca ve stongo scuccianno.»

«Be', "*verduorco*" è na specie 'e puorco verde: ma è "*scasava*" ch'io nun saccio buono che vô signifeca'. I' penzo comme si fosse "da 'a casa"—signifecanno c'hanno perduto 'a via.»

«E "*starnuscanno*" che vô dìcere?»

«Be', "*starnuscanno*" è na cosa 'e miezo tra allucca' e sisca', cu dinto pure na specie 'e sternuto: comunque sia, pô essere ca 'o sentarraie—dint' 'o vuosco lloco abbascio—e quanno l'avarraie sentuto na vota sola sarraie cuntenta. Ma chi è stato ca t'ha cuntato tutta 'sta rrobba accussì cumpricata?»

«L'aggio liggiuta ncopp'a nu libbro,» risponnette Alice. «Ma m'hanno ditto pure na puisia cchiù fàcele 'e chesta—penzo ca sarrà stato Dindullo.»

«Pe chello che cumpete 'e ppuisie,» dicette Uvicciullo stennenno una 'e chelli mmane 'e chesta posta, «hê 'a sape' ch'io so' capace 'e receta' puisie accussì buono comm'a qualonc'ato cristiano, si ne vulimmo parla'—»

«Oh no, nun serve!» s'affrettaie a ddìcere Alice, speranno d' 'o ferma' primma c'accumminciava.

«'O passo ca sto pe receta',» seguitaie Uvicciullo, futtènnose 'e chello ch'essa êva ditto, «è stato scritto sulamente pe te fa' addecria'.»

Alice se facette capace ca nun puteva fa' ammeno d' 'o sta' a senti'; accussì s'assettaie e dicette «Grazie,» nu poco scucciata.

> *«Quann'è vierno e 'a campagna s'è nghiancata*
> *pe te da' gioia me faccio 'sta cantata—*

sulo ch'io nun 'a canto,» agghiognette, comme pe se spieca'.

«'O bbeco ca nun cantate,» dicette Alice.

«Si tu sî capace 'e *vede'* s'io sto cantanno o no, hê 'a tene' nu paro d'uocchie assaie appezzute,» se n'ascette Uvicciullo bello ntustato. Alice nun dicette manco na parola.

> *«A pprimmavera, quann' 'o vverde schiocca,*
> *vurria spieca' che te vô di' 'sta vocca.»*

«Grazie assaie,» dicette Alice.

> *«D'estate, ca s'allongano 'e gghiurnate,*
> *arrivarraie a capi' chesta cantata:*
>
> *quanno l'autunno 'e ffronne 'e ffa marrone*
> *scrive cu gnosta e ppenna 'sta canzone.»*

«Sempe ca me l'arrivo a allicurda' pe tutto 'stu tiempo,» dicette Alice.

«Nun serve ca tu cuntinue a fa' cummiente,» scrammaie Uvicciullo, «nun ce azzeccano propio e me sbìano.

> *«A 'e pisce aggio mannato nu messaggio*
> *Cundicenno: "Sti ccose io vularraggio."*
>
> *Natanno, 'e piscetielle sotto costa,*
> *sùbbeto m'hanno data na risposta.*
>
> *'E piscetielle m'hanno ditto che*
> *"Sti ccose nn' 'e putimmo fa', pecché—"»*

«Tengo paura ca nun aggio capito buono,» se n'ascette Alice.

«Cchiù annanze addeventa tutto cchiù chiaro,» risponnette Uvicciullo.

«*Sùbbeto le mannaie n'ata mmasciata:*
"Meglio pe bbuie si nun me scuntentate."

Risponnettero, cu na bona cèra,
"Pecché te sî ncazzato 'e 'sta manera!"

Nce 'o repetette pe ddoie vôte bbone:
ma chille nun sentévano raggione.

Pigliaie na caccavella maie ncignata,
a cciammiello pe scòmpere 'a penzata.

Cu 'o core ca me martellava 'mpietto
piazzaie 'a pignata sott' 'o rubinetto.

Allora venette uno e me dicette:
"'E piscetielle stanno dint' 'o lietto."

Le risponnette, senza nce penza':
"E tu fa' ampressa, vammille a sceta'."

E nce 'o dicette a vvoce forte e chiara,
alluccanno comm'a na lavannara.»

Recetanno chisti vierze, Uvicciullo aizaie 'a voce quase strillanno, e Alice penzaie, tremmanno: «Pe nisciuna raggione avesse vuluto essere io a purta' 'sta mmasciata!»

«Ma isso s'avutaie, bello ntustato:
dicette "Chiste allucche 'e ffaie cu n'ato!"

E io, sicuro e arbasciuso commilfò,
dicette: "Io vaco e 'e sceto, ma però—"

'A na scanzia afferraie 'o tirabbusciò
e parto, pe scetarle primm' 'e mo.

E, truvanno c' 'a porta era nzerrata,
le chiavo quatto ponie e na cauciata.

Ma essa restava nchiusa e io, llà pe llà,
pruvaie a gira' forte 'a maniglia, ma—»

Facette silenzio a lluongo.
«Nient'ato?» spiaie Alice apprenziva.
«Nient'ato,» dicette Uvicciullo. «Statte bbona.»
Accussì 'antrasatta, penzaie Alice; ma, doppo nu mmito
accussì sprìzeto a lluvarse 'a tuorno, le pareva brutto 'e rum-
mane' ancora lloco. Accussì s'aizaie e le stennette 'a mana.

«Stàteve bbuono, nzi' a quanno nun ce ncuntrammo n'ata vôta!» dicette cchiù alleramente che puteva.

«Si te ncuntrasse n'ata vôta, io nun te canuscesse,» allebbrecaie scuntento Uvicciullo, cunzegnànnole nu dito da astrégnere: «Tu sî accussì simmele a tutta quanta l'ata gente.»

«A 'o ssoleto ce se canosce da 'a faccia,» spiecaie Alice penzarosa.

«È propio cca che nun ce truvammo,» dicette Uvicciullo. «'A faccia ca tiene tu è 'a stessa 'e chella che tèneno tutte quante ll'ate—nu paro d'uocchie, accussì—('e ddesignaie 'int'a ll'aria cu 'o detone) 'o naso 'mmiezo, 'a vocca sotto. È sempe 'a stessa cosa. Mo si tu, verborazia, avisse avuto 'e dduie uocchie â stessa parte d' 'o naso—o 'a vocca 'ncimma—chesto m'avesse pututo aiuta'.»

«Ma chesto nun sarria parso bello,» allebbrecaie Alice. Ma Uvicciullo se lemmetaie a nchiùrere ll'uocchie, e dicette: «Aspetta nzi' a quanno nun hê pruvato.»

Alice aspettaie n'ato minuto pe vede' si chillo parlava ancora, ma visto ca nun arapeva ancora ll'uocchie e nun 'a deva audienza, le dicette n'ata vota: «Stàteve bbuono!» e, visto c'ancora nun aveva risposta, se ncammenaie chianu chiano. Ma cammenanno cammenanno nun putette fa' ammeno 'e se dìcere: «'E tutt' 'a ggenta loffia—('o rrepetette parlanno forte pecché dìcere 'sta parola le deva sfizio) 'E tutt' 'a ggenta loffia c'aggio maie ncuntrata—». Ma nun arrivaie a ferni' 'a frase pecché justo a cchillo mumento nu ddiece 'e scuoppo rebbommaie pe tutt' 'o vuosco.

CAPITOLO VII

'O Lione e l'Unicuorno

Nu minuto doppo 'e surdate attraverzaieno 'o vuosco currenno. Apprimma duie o tre pe vvota, po diece o vinte tutte nzieme e, pe ferni', na caterbia tale ca pareva ch'êvano regnuto 'o vuosco sano sano. Alice s'annascunnette aret'a n'arbero p' 'a paura d'essere arrunzata, e s' 'e gguardaie 'ntramente passavano.

Penzaie che tutt' 'a vita soia nun êva visto maie surdate cu 'e piere accussì scellate: ntruppecavano 'e cuntinuo, mo pe na cosa mo pe n'ata, e ogne vota ca ne careva uno le carevano sempe ncuollo nu cuófeno 'e cumpagne, accussì che dint'a niente 'o tturreno se cuprette 'e muntagnelle d'uómmene.

Po arrivàieno 'e cavalle. Pe bbia ca tenevano quatto ciampe, chiste se guvernavano meglio d' 'e surdate a ppere; ma a vvota a vvota nciampecavano pure lloro, e pareva na regula fissa che tutt' 'e vote ca nu cavallo jeva 'nterra, êva cade' subbeto pure 'o cavaliero. 'A cunfusione s'aggravava 'e mumento 'nmumento, e Alice fuie assaie cuntenta d'asci' da 'o vuosco p'arriva' 'int'a nu turreno scupierto, addó truvaie 'o Rre

Janco assettato 'nterra, affaccennato a scrivere ncopp' 'o libbretiello 'e ll'appunte.

«L'aggio abbiate tutte quante!» scrammaie alleramente 'o Rre comme vedette Alice. «Venenno da 'o vuosco, carella, t'è capitato 'e ncuntra' quacche surdato?»

«Sì,» dicette Alice, «penzo parecchie migliare.»

«'O nummero priciso è quattumiladuicientoesette,» dicette 'o Rre, innecanno 'o libbretiello. «Tiene mente, 'e cavalle nun l'aggio putute lecenzia' tutte quante pecché duie 'e lloro me servono p' 'a partita. E nun n'aggio mannato manco 'e duie Messaggiere. So' ghiute tutt'e dduie 'ncittà. Anze, guarda nu poco p' 'a via e dimme chi vide 'e lloro.»

«Io 'mmiez' 'a via veco nisciuno,» dicette Alice.

«Si sulo putess'ave' ll'uocchie comm' 'e tuoie,» dicette 'o Rre smaniuso. «Essere capace 'e vere' Nisciuno! E pure accussì luntano! Io cu chesta luce è già nu miraculo si arrivo a vede' 'e pperzone ca ce stanno.»

Ma Alice se perdette tutta 'sta parlata pecché steva ancora appezzata a guarda' luongo luongo 'a via, schermànnose ll'uocchie cu 'a mana. «Mo veco quaccuno!» scrammaie a la fine. «Ma vene annanze chianu chiano—e comme cammina curiuso!» (Comm'infatte 'o Messaggiero prucedeva zumpanno pe coppa e pe sotto, nturcigliànnose comm'a n'anguella, cu cierti ccaspete 'e mane spaparanzate comm'a ventaglie 'a na parte e 'a n'ata.)

«Nun è accussì,» dicette 'o Rre. «Chillo è nu messaggiero ngrese—e 'e ngrise se mòveno 'e 'sta manera. 'O ffa sulo quann'è cuntento. Se chiamma Ciccillo.» ('O ddicette 'e na manera tale ca facette rimma cu «Ciurcillo».)

«I' voglio bene a ll'ammore mio cu na C,» Alice nun putette fa' a mmeno d'accummincia' 'stu jucariello, «pecché isso è Cuntento. 'O voglio pure male cu na C, pecché isso è Carogna. L'aggio sfamato cu—cu—cu—Casatiello e Cachisso. Se chiamma Ciccillo e campa—»

«Campa ncopp' 'a Cullina,» se n'ascette 'o Rre tomo tomo, senza penza' manco pe nu mumento che steva trasenno dint'a nu juoco, 'ntramente Alice se steva zucanno ancora 'a cervella pe truva' o nomme 'e na città c'accumminciava cu 'a C. «L'ato Messaggiero se chiamma Cienzo. Hê 'a sape' ca me ne servono *duie*—pe veni' e pe ghi'. Uno vene, e l'ato va.»

«Ve cerco scusa—» dicette Alice.

«Nun sta buono cerca' quaccosa,» dicette 'o Rre.

«Vulevo sulo dìcere ca nun aggio capito,» dicette Alice. «Pecché uno vene e l'ato va?»

«Nun te l'aggio già ditto?» se spacienziaie 'o Rre. «A me me ne servono *duie*—pe ghi' a ppiglia' e pe purta'. Uno va a ppiglia', e l'ato porta.»

Propio 'int'a chillu mumento arrivaie 'o Messaggiero. Tale era 'o sopraffiato ca nn'arrivaie a ddìcere na parola e puteva sulo scutulia' tuorno tuorno 'e mmane e fa' 'e smorfie cchiù paurose a 'o povero Rre.

«Chesta signurinella te vô bene cu na C,» dicette 'o Rre, presentànnole Alice cu 'a speranza 'e derrassa' l'attenzione d' 'o Messaggiero—ma nun servette a niente—tutte chelli mmosse stile ngrese addeventaieno sempe cchiù smaniose, 'ntramente duie uocchie spaparanzate rutecavano comm'a ppazze 'a na parte a ll'ata.

«Tu me faie mettere appaura!» dicette 'o Rre. «Me sento ascevuli'—damme na fella 'e casatiello!»

A cchesto 'o Messaggiero, lassanno Alice comm'a na statua 'e sale, arapette na sacchetta che purtava appesa a 'o cuollo, e cunzignaie na fella 'e casatiello a 'o Rre, ca s' 'a strafucaie alliccànnose 'o musso.

«Damménne n'ata!» dicette 'o Rre.

«Nun c'è rummaso ato ca 'o cachisso,» dicette 'o Messaggiero, trafechianno dint' 'a sacchetta.

«E magnàmmoce 'o cachisso!» murmuliaie 'o Rre cu na vucella fina fina.

Alice fuie assaie felice 'e vede' che chillo, magnanno magnanno, se repigliava buono. «Nun ce sta niente 'e meglio, quanno te siente ascevuli', ca magna' cachisse,» l'assicuraie 'o Rre, 'ntramente magnava.

«Pe comm' 'a penz'io, mo pe bbuie nun ce stesse niente 'e meglio 'e na bella sghizzata d'acqua fredda,» cunzigliaie Alice:—«o n'annasata da 'a buccetta d' 'e sale.»

«Io nun aggio ditto ca nun ce sta niente 'e *meglio*,» allebbrecaie 'o Rre. «Io aggio ditto ca nun ce sta niente *comme* a chesto." Cosa c'Alice nun s'arresecaie a annija'.»

«Chi hê appassato p' 'a via?» seguitaie 'o Rre, stennenno 'a mana a 'o Messaggiero p'ave' n'atu ppoco 'e cachisso.

«Nisciuno,» dicette 'o Messaggiero.

«Sta bbene», dicette 'o Rre, «l'ha visto pure 'sta signurina. Pecché, comm'è naturale, Nisciuno cammina cchiù chiano 'e te.»

«I' faccio 'o mmeglio che pozzo,» s'avutaie nfuscato 'o Messaggiero. «I' so' certo ca nun ce sta nisciuno che cammina cchiù sverdo 'e me.»

«Isso certamente no,» dicette 'o Rre, «Osinò sarria arrivato sicuro primm' 'e te. Comme sia sia, mo c'hê repigliato sciato ce puo' cunta' che cosa è succieso in città.»

«V' 'o dico zittu zitto,» dicette 'o Messaggiero, puortànnose 'e mmane a ccuoppo annanz' 'a vocca e acalànnose pe s'accusta' â recchia d' 'o Rre. Alice ce rummanette male pecché vuleva senti' pure essa qual'erano 'e nnuvità. Tuttavota chillo, mmece 'e parla' zittu zitto, se mettette a allucca', cu quanta voce teneva 'ncuorpo, «Hann'accumminciato n'ata vota d' 'o capo!»

«E tu chesto o' cchiamme parla' zittu zitto?» scrammaie 'o povero Rre, facenno nu zumpo e sbettuliànnose sano sano. «Si 'o ffaie n'ata vota te faccio ógnere tutto quanto 'e burro! M'hê fatto attraverza' 'a capa 'a nu terramoto!»

«Sarria stato nu terramoto assaie piccerillo!» penzaie Alice. «Chi è c'ha accuminciato n'ata vota?», s'arresecaie a addimanna'.

«Chi? Ma è naturale: 'o Lione e l'Unicuorno,» dicette 'o Rre.

«Ma cumbattono p' 'a curona?»

«Chest'è sicuro,» dicette 'o Rre: «e 'a parte cchiù bella d' 'o juoco è che po 'a curona è d' 'a mia! Spicciàmmoce a ghirle a vede',» e se mettettero a trutta', e Alice currenno currenno se repeteva 'e pparole d' 'a vecchia canzona:—

> «'O Lione e l'Unicuorno se vattéano p' 'a curona
> e 'o Lione all'Unicuorno pe dint' 'a città c' 'e ssona.
> Chi le dà 'a panella janca, e chi 'a nera le darrà,
> chi le dà na fella 'e torta e po 'o caccia d' 'a città.»

«Ma—chillo—che vence—se piglia 'a curona?» essa addimannaie meglio che puteva, pecché 'a corza le muzzava 'o sciato.

«Ma no, carella mia!» risponnette 'o Rre, «Comme te vene 'ncapa!»

«Vulìsseve—essere accussì buono—» abbascaie Alice doppo n'atu ppoco 'e corza, «'e ve ferma' pe nu minuto—justo pe me da' 'o tiempo—'e piglia' sciato n'ata vota?»

«Io so' abbastatamente *buono*,» dicette 'o Rre, «sulo ca nun so' *forte* 'o nnicissario. Vide ca nu menuto corre accussì 'e carrera che sarria comme cerca' 'e ferma' nu Razzarulo!»

Alice nun teneva cchiù sciato pe parla'; accussì seguitàieno a trutta' senza dìcere na parola, nzi' a quanno nun arrivàieno a vede' nu puzzo 'e ggente, e 'mmiez'a lloro 'o Lione e l'Unicuorno che cumbattevano. Se truvavano dint' 'a na fumeta accussì fitta ch'a pprimma botta Alice nun arrivaie a destinguere l'uno dall'ato; ma po canuscette sùbbeto l'Unicuorno pe bbia d' 'o cuorno.

Se sistemàieno abbicino addó Cienzo, l'ato Messaggiero, s'era fermato allerta a guarda' 'o cumbattemiento, cu na tazza 'e tè dint'a na mana e na fella 'e pane e burro dint'a ll'ata.

«È asciuto justo mo d' 'a galera, e quanno nce l'hanno mannato nun êva ancora fernuto 'e se vévere 'o ttè,» dicette zittu zitto Ciccillo a Alice: «e lloco dinto nun danno 'a magna' ato che cuócciole d'ostreca—accussì, comme vide, tene assaie famme e sete. Comme staie, bello d' 'o frate?» seguitaie azzeccuso, passanno nu vraccio attuorn' 'o cuollo 'e Cienzo.

Cienzo s'avutaie a guarda', facette segno 'e sì cu 'a capa e seguitaie cu 'o ppane e burro.

«Sî stato buono 'ngalera, bello d' 'o frate?» addimannaie Ciccillo.

Cienzo s'avutaie ancora, e chesta vota n'ata vota na lacrema o ddoie le scennettero pe ffaccia; ma nun dicette na parola.

«Parla, nun puo' parla'?!» perdette 'a pacienza Ciccillo. Ma Cienzo pe tutta risposta seguitaie a spezzulia', e se vevette n'ato surzo 'e tè.

«Parla, nun vuo' parla'?!» alluccaie 'o Rre. «'O cumbattimento comme prucede?»

Cienzo s'agliottette nu bello muorzo 'e pane e burro cu nu sfuorzo desperato. «Stanno cumbattenno assaie buono,» dicette cu voce affucata. «Ognun' 'e lloro è stato vuttato 'nterra uttantasette vote.»

«Allora io penzo che purtarranno ampressa 'o ppane janco e 'o ppane niro?» azzardaie Alice.

«Mo sta llà che l'aspetta,» dicette Cienzo, «chisto è propio nu pezzullo ca me ne sto magnanno.»

Justo a cchillu mumento 'a lotta se fermaie pe nu poco, e 'o Lione e l'Unicuorno s'assettàieno, abbascanno, 'ntramente 'o Rre chiammaie: «Diece minute 'e sosta pe l'uffertorio!» e Ciccillo e Cienzo ascettero subbeto 'mmiezo, purtanno attuorno na guantera cu 'o ppane janco e 'o ppane niro. Alice ne pruvaie nu pezzullo, ma era *assaie* sereticcio.

«Nun crero ca chiste ogge cumbattarranno ancora,» dicette 'o Rre a Cienzo: «va e órdena a 'e tammurre d'accummincia'.» E Cienzo s'alluntanaie, zumpanno comm'a na cavalletta.

Pe nu minuto o dduie Alice 'o guardaie senza parla'. Po s'appicciaie una botta. «Tenite mente, tenite mente!» alluccaie, facenno segno cu foja. «Ce sta 'a Riggina Janca che sta currenno p' 'a campagna! È asciuta vulanno 'a chillu vuosco lloco abbascio—ma comme *pônno* correre accussì sverde chesti Riggine!»

«Ce starrà sicuro nu nemico ch' 'a sta secutanno,» dicette 'o Rre, senza manco avutarse a guarda'. «Chillu vuosco n'è chino.»

«Ma vuie nun currite a ll'aiuta'?» addimannaie Alice, chiena 'e maraveglia pe comme chillo pigliava 'a cosa.

«Nun serve, nun serve!» dicette 'o Rre. «Chella corre accussì forte che sarria comme tenta' d'anchiappa' nu Razzarulo! Ma si te fa piacere ne piglio nota—È accussì na bona, cara criatura,» se repetette chianu chiano 'ntramente arapeva o libbretiello p' 'e note. «"Criatura" tu 'a scrive cu ddoie "r"?»

A cchisto punto l'Unicuorno le nzunzuliaie annanze cu 'e mmane dint' 'a sacca. «Chesta vota 'o meglio so' stat'io?» dicett'isso a 'o Rre, strusciànnolo quanno passava.

«Pe nu zico—pe nu zichillo,» risponnette 'o Rre, nu poco acetuso. «Nun l'avisse avut' 'a nfizza' cu 'o cuorno, 'o ssaie.»

«Ma nun l'aggio fatto male,» dicette l'Unicuorno arrunzanno, e se ne steva jenno quanno l'uocchio le carette ncopp'a Alice: turnaie subbeto arreto e se fermaie pe nu poco tenènnola mente cu n'aria schifata.

«Ma—ched'è—'sta cosa?» dicette all'ùrdemo.

«È na criatura!» risponnette subbeto Ciccillo, accustànnose a Alice p' 'a pute' presenta' e purtanno tutt' 'e ddoie 'e mmane ncuntro a essa, cu n'aria stile ngrese. «Nuie l'avimmo truvata ogge, è granne quann'a essa, anze è 'o dduppio!»

«I' me penzavo sempe ca fossero mustre legennarie!» dicette l'Unicuorno. «Ma è bbiva?»

«Pô pure parla',» dicette Ciccillo cu n'aria mpurtante.

L'Unicuorno tenette mente Alice comm'a nu nzallanuto, e dicette: «Parla, piccerella!»

Alice nun putette fa ammeno 'e se fa na resatella 'ntramente diceva: «'O ssapite, pur'io penzavo ca l'Unicuorne fossero mustre leggennarie? Primma 'e mo nun n'avevo maie visto uno vivo!»

«Be, mo avimm'avuto 'accasione 'e ce pute' vede' l'uno cu ll'ato,» dicette l'Unicuorno, «e si tu credarraie a mme, io credarragggio a tte. Te truove?»

«Sì, si ve fa piacere,» dicette Alice.

«Jammo, vicchiarie', pàssame 'a pizza doce!» se n'ascette l'Unicuorno avutànnose a 'o Rre. «A me 'stu ppane niro nun me piace!»

«Sicuro—sicuro!» barbuttiaie 'o Rre, e facette nu signale a Ciccillo. «Arape 'a sacchetta,» murmuliaie. «Fa ampressa! No chella no—chella è chiena 'e cachisse!»

Ciccillo cacciaie da 'a sacchetta na ddiece 'e pizza doce e 'a passaie a Alice pe nce 'a fa' mantene', 'ntramente isso tirava fora nu piatto e nu curtiello. Alice nun arrivava a capi' comm'è che 'a lloco dinto puteva asci' tanta 'e chella rrobba. Penzaie c'avev' 'a essere comm'a nu juoco 'e pristiggio.

'O Lione s'era aunito a lloro ca se ne stévano jenno: pareva acciso 'e fatica e muorto 'e suonno, e teneva ll'uocchie quase nchiuse. «Ched'è 'sta cosa!» dicette ncresciuso, vattenno 'e parpétole 'nderezzione d'Alice, e parlanno cu na vuciazza cupa che rebbommaie comm' 'e tuocche 'e nu campanone.

«Ah, ched'è, mo?» scrammaie l'Unicuorno accalurànnose. «Nun 'o pputarraie maie nduvina'! Io nun ne so' stato capace.»

'O Lione smicciaie Alice cu n'aria sfatta. «Sî n'anemale—o nu veggetale—o nu minerale?» addimannaie, facenno n'alizzo a ogne parola.

«È nu mustro leggennario!» sbuttaie l'Unicuorno, senza da' tiempo a Alice 'e respónnere.

«Allora Mustro, pàssame 'a pizza roce,» dicette 'o Lione, stennènnose 'nterra e appujanno 'o musso ncopp' 'e ccianfe. «E assettàteve pure vuie dduie,» (a 'o Rre e all'Unicuorno): «e nun pazziammo cu 'a pizza!»

Se capiva c' 'o Rre se scucciava 'e sta' assettato 'mmiezo a cchilli dduie bestiune; ma nun ce steva n'ato posto pe isso.

«Che bella guerra p' 'a curona ca se putesse fa' *mo*!» dicette l'Unicuorno smiccianno comm'a muchio surdo 'a curona, che pe poco nun cadeva da 'a capa d' 'o Rre, pigliato da 'a tremmarella.

«Io 'a vincesse facirmente,» dicette 'o Lione.

«Io nun ne sarria tanto sicuro,» dicette l'Unicuorno.

«Comme, doppo che io te l'aggio sunate pe tutta 'a città, cacasotto!» se nquartaie 'o Lione facenno 'a mossa 'e s'aiza' parlanno parlanno.

Cca 'o Rre se mettette 'mmiezo pe scanza' n'ato appìcceco; steva assaie nervuso e le tremmava 'a voce. «Pe tutt' 'a città?» scrammaie. «È nu percurzo bello luongo. Site passate p' 'o ponte viecchio, o p' 'a chiazza d' 'o mercato? Da 'o ponte viecchio 'a vista è cchiù bella.»

«Chesto propio nun 'o ssaccio,» vruntuliaie 'o Lione, accuvànnose n'ata vota. «Ce steva tanta 'e chella póvere ca nun se vedeva 'o riesto 'e niente. Ma quanto ce mette 'o Mustro a taglia' 'sta pizza doce!»

Alice s'era assettata ncopp' 'a sponna 'e nu sciummariello cu 'a guantera ncopp' 'e ddenocchie e s'era misa 'e casa e pputeca a seca' cu 'o curtiello. «Te fa tucca' tutta 'a nervatura!» dicette pe resposta a 'o Lione (steva facenno 'o callo a sentirse 'e chiamma' «'o Mustro»). «Aggio tagliato già nu cuófeno 'e felle, ma chelle s'azzeccano n'ata vota l'una cu ll'ata!»

«Pecché tu nun saie comme s'hann' 'a tratta' 'e ppizze doce d' 'o Specchio,» dicette l'Unicuorno. «L'hê 'a primma passa' tuorno tuorno, e po 'a puo' taglia'.»

Chesto le pareva na fessaria, ma Alice ubberiente s'aizaie e purtaie 'a guantera tuorno tuorno, e allora 'a pizza se facette tre piezze. «*Mo* 'a puo' taglia',» dicette 'o Lione quann'essa turnaie ô posto suoio cu 'a guantera vacante.

«Io dico ca nun è giusto!» alluccaie l'Unicuorno, cunfromme Alice s'era assettata cu 'o curtiello 'mmano, senza arriva' a capi' comme avev' 'a accummincia'. «'O Mustro ha cunzignato a 'o Lione nu piezzo ca è ddoie vote 'o mio!»

«Però pe essa nun s'è è pigliato niente,» dicette 'o Lione. «Nun te piace 'a pizza doce, Mustro?»

Ma primma c'Alice 'o puteva dà na resposta, accumminciaie 'a tammurriata.

Alice nun arrivava a capi' 'a do' veneva chillu rummore, tanto che l'aria ne pareva chiena, e seguitaie a rebbummarle tuorno tuorno 'a capa fino a nzurdirla. Allora, morta 'e paura, se susette una botta e zumpaie 'a ll'ata parte d' 'o sciummariello,

e le rummanette sulo 'o tiempo 'e vede' 'o Lione e l'Unicuorno, ca s'aizavano allerta, assaie cuntrariate d'essere state ncummudate durant' 'o festino, primma 'e cade' addenucchiune cu 'e mmane ncopp' 'e rrecchie. Cercanno, senza nisciuna speranza, 'e nun ce fa' trasi' chillo schiasso spaventuso.

«Si *chillo* tammurro nun l'arriva a caccia' fora da 'a città,» penzaie Alice 'ncap'a essa, «nient'ato 'o pputarrà maie fa'.»

«È na mmenzione d' 'a mia»

Doppo nu poco pareva che 'o rummore se ne mureva chiano chiano, nzi' a quanno se facette nu selenzio 'e morte, e Alice aizaie 'a capa nu poco appaurata. Nun se vereva nisciuno e a pprimma botta essa penzaie ca 'o Lione, l'Unicuorno e chilli Messaggiere ngrese accussì quèquere se l'era sunnate. Però teneva ancora pusata vicin' 'e piere chella grossa guantera addó aveva cercato 'e taglia' 'a pizza doce, «Allora, a ccunte fatte, nun stevo sunnanno,» dicette 'ncap'a essa, «sempe che—sempe che nun facimmo parte tutte quante d' 'o stesso suonno. Sulo ch'io spero ca se tratta d' 'o suonno *mio* e no 'e chillo d' 'o Rre Russo! Nun me piace d'appartene' a 'o suonno 'e n'ata perzona,» seguitaie cu n'aria lamentosa: «Tengo propio genio 'e jirlo a sceta' pe bbere' che succere!»

Ma propio allora 'e penziere d'Alice fuieno spezzate 'a uno c'alluccava forte: «Gué! Gué! Scacco!» e nu Cavaliero vestuto cu n'armatura 'e culore carmusino le currette 'ncuntro galuppanno, cu na sagliòccola aizata. E comme l'arrivaie abbicino 'o cavallo se fermaie nzicco: «Te faccio priggiuniera!» alluccaie 'o Cavaliero, e ruciuliaie 'nterra 'a copp' 'o cavallo.

Pe quanto nfanfaruta, a cchillo mumento Alice s'appauraie cchiù pe isso ca pe essa stessa, e 'o tenette mente 'napprenzione 'ntramente muntava n'ata vota. E, quanno se truvaie n'ata vota 'nsella, isso accumminciaie da 'o capo «Te faccio—» ma subbeto n'ata voce accumminciaie a allucca': «Gué! Gué! Scacco!» e Alice se guardaie attuorno nu poco frasturnata pe chist'ato nemmico.

'Stavota se trattava 'e nu Cavaliero Janco. Se fermaie 'e canto a Alice e ruciuliaie 'nterra 'a copp' 'o cavallo, justo comm'aveva fatto 'o Cavaliero Russo: po muntaie n'ata vota, e 'e dduie Cavaliere stettero pe nu poco a se guarda' l'uno cu ll'ato senza dìcere na parola. E Alice teneva mente mo a cchisto e mo a cchillo, comm'a ll'aseno 'mmiez' 'e suone.

«Essa è priggiuniera d' 'a *mia*, 'o ssaie!» dicette finarmente 'o Cavaliero Russo.

«Sì, ma po so' arrivato io e l'aggio sarvata!» allebbrecaie 'o Cavaliero Janco.

«Quann'è chesto, allora nuie ce avimm' 'a vattere pe essa,» dicette 'o Cavaliero Russo, 'ntramente afferrava l'ermo (che purtava appiso â sella, e teneva 'a forma 'e na capa 'e cavallo) e s' 'o nfelava.

«Voglio credere ca rispettarraie 'e Rregule d' 'o Cummattemiento?» mettette 'nchiaro 'o Cavaliero Janco, nfelànnose pur'isso l'ermo.

«L'aggio fatto sempe,» dicette 'o Cavaliero Russo; e s'accumminciaieno a scagna' mazzate 'e cecate, cu na tale furia c'Alice s'annascunnette addereto a n'arbero pe se luva' 'a miez' 'e bbotte.

«Io mo m'addimanno qua' fossero 'sti Rregule d' 'o Cummattemmiento,» se dicette, 'ntramente smicciava 'o scuntro caccianno nu poco 'a capa fora da 'o recanzo. «Na Regula pare essere chella che si nu Cavaliero culpisce a ll'ato 'o fa care' 'a cavallo; e si sgarra 'o corpo è stess'isso a cade'—e n'ata Regula pare chella ca mantènono 'e ssagliòccole cu 'e bbraccia stese comm'a Pulecenella e Zeza—E che rummore fanno quanno scapézzano! Pare comm'a quanno càrono l'attizzafuoche dint' 'o fucone! E comme se stanno quiete 'e cavalle! 'E ffanno sagli' e scennere comme si fossero tavuline!»

Alice nun s'era addunata che n'ata Regula 'e Cummattemiento avev' 'a essere che chille avevan' 'a cade' sempe 'e capa; e 'o scuntro fernette quanno tutt'e dduie s'abbarrucàieno a ccapa sotta uno vecino all'ato. Quanno po se susèttero s'astregnèttero 'a mana, e 'o Cavaliero Russo muntaie a ccavallo e partette a ggaluoppo.

«È stata na vittoria groliosa, nun è overo?» addimannaie abbascanno 'o Cavaliero Janco, 'ntramente saglieva a ccavallo.

«Io nun 'o ssaccio,» se n'ascette Alice dobbeiosa. «I' nun voglio essere a priggiuniera 'e nisciuno. Voglio essere na Riggina.»

«E sarra' accussì, cunfromme avarraie attraverzato 'o sciummariello ca vene appriesso,» dicette 'o Cavaliero Janco. «Io te purtarraggio 'nzarvamiento nzi' a la fine d' 'o vuosco—ma po me n'aggi' 'a turna' arreto, 'o ssaie. Chesta è 'a fine d' 'a mossa ca m'attocca.»

«Grazie assaie,» dicette Alice. «Ve pozzo da' na mana a ve luva' l'ermo?» Se vedeva buono ch'isso sulo nun era capace d' 'o ffa'; accussì essa fernette pe ce 'o luva' scutuliànnolo buono e mmeglio.

«Mo uno pô resciata' assaie meglio,» dicette 'o Cavaliero, vuttànnose arreto 'e capille ngrifate cu tutt' 'e ddoie 'e mmane, avutànnose a guarda' Alice cu na faccia gentile e nu paro d'uocchie tante, assaie azzeccuse. Essa penzaie che dint'a tutt' 'a vvita soia nun êva maie ncuntrato nu surdato accussì curiuso.

Era vestuto cu n'armatura 'e stagno che ncuollo le steva na vera fetenzia, e purtava appesa arret' 'e rine na scatulella 'e lignamme assaie quèquera, avutata sottencoppa e cu 'o cupierchio apierto che pennuliava. Alice 'a guardaie curiosa.

«Veco ca staie guardanno 'a scatulella mia,» dicette 'o Cavaliero cu amecizia. «Se tratta 'e na cosa c'aggio mmentato io—pe ce mettere arinto àbbete e mpustarelle. Comme vide 'a porto a ccapa sotta accussì nun ce pô cade' l'acqua dinto.»

«Ma 'e ccose pônno cade' *fora*,» allebbrecaie Alice cu bona manera. «'O ssapite ca 'o cupierchio è apierto?»

«Nun 'o ssapevo,» dicette 'o Cavaliero, cu na faccia cuntrariata. «Allora tutt' 'e ccose sarranno carute fora! E senza 'a rrobba arinto 'a scatula nun serve a niente.» E 'a slacciaie e steva p' 'a vutta' mmiez' 'e frasche, quanno parette comme furmenato 'a na penzata mpruvisa e l'appennette cu cura a n'arbero. «Sî capace d'anduvina' pecché l'aggio fatto?» spiaie a Alice.

Alice scapuzziaie.

«Pecché spero ca ll'ape ce fanno 'o nido arinto—accussì io putarraggio arrecogliere 'o mmele.»

«Ma vuie già purtate appis'â sella—n'arvearo—o quaccosa 'e chesta specie,» dicette Alice.

«Sì, è n'arvearo strafino,» dicette 'o Cavaliero cu n'aria scuntenta, «uno d' 'e meglie. Ma nzi' a mo nun ce s'è accustata manco na fetente d'apa. E l'ata cosa è nu mastrillo. È capace ca 'e sùrece tèneno luntane a ll'ape—o ll'ape tèneno luntane 'e sùrece, nun saccio 'o fatto comme va.»

«Io me stevo addimannanno a che ve serve 'o mastrillo,» dicette Alice. «Nun è troppo facele truva' sùrece ncuollo a nu cavallo.»

«Pô essere ca nun è troppo fàcele,» dicette 'o Cavaliero; «però si ne venéssero nun me piacesse d' 'e vede' currettia' tutt'attuorno.»

«Tiene mente,» agghiognette doppo nu poco, «è meglio preservarse pe *ogne chisà*. È pe chisto mutivo ca 'o cavallo tene tutte 'sti fasce attuorno a 'e cianfe.»

«Ma a che le pônno servi'?» addimannaie Alice cu curiusità.

«P' 'o pruteggere da 'e muorze d' 'e canesche,» risponnette 'o Cavaliero. «Se tratta 'e na mmenzione d' 'a mia. E mo damme n'aiuto. Vengo cu tte nzin'a la fine d' 'o vuosco—A che te serve chella guantera?»

«Servesse p' 'a pizza doce,» risponnette Alice.

«È meglio ca nce 'a purtammo cu nuie,» dicette 'o Cavaliero. «Ce facesse commodo si truvàssemo n'ata pizza doce. Aiùtame a mpezzarla dint'a 'sta sacchetta.»

Ce vulette nu cuófeno 'e tiempo primma 'e l'arriva' a ffa', cu tutto c'Alice teneva 'a sacchetta bella spaparanzata, pecché 'o Cavaliero era tale na schiappa a nfela' 'a guantera: 'e pprimme doie o tre vote ca ce pruvaie nce cadette isso stesso arinto. «Tiene mente, nun ce sta puosto bastante,» dicette quanno finarmente nce mpezzàieno 'a guantera; «'a sacchetta già è chiena 'e canneliere.» E l'appennette â sella, ch'era già càrreca 'e mazze, 'e pastenache, d'attizzafuoco e tant'ati ccose.

Te sî attaccate buono 'e capille, voglio spera'?» seguitaie a ddi' appena s'abbiàieno.

«Comm'aggio fatto sempe,» dicette Alice cu nu surriso.

«E nun abbasta,» dicett'isso apprenzivo. «Hê 'a sape' che cca tira nu viento *assaie* forte. È forte comm'a na zuppa.»

«Avisse mmentata na manera pe nun fa' vula' 'e capille da 'a capa?» se nfurmaie Alice.

«Nun ancora,» dicette 'o Cavaliero. «Ma aggio mmentata na manera pe nun 'e ffa' *cade*'.»

«Me piacesse assaie d' 'a senti'.»

«Pe primma cosa hê 'a piglia' nu bastone adderitto,» dicette 'o Cavaliero. «Po le faie arranfechia' ncoppa 'e capille, comme si fosse ncopp'a n'arvulo 'e frutta. 'O mutivo ca carono 'e capille è pecché pènnono â via 'e *vascio*—'e ccose, 'o ssaie, nun carono maie â via 'e *coppa*. È nu sistema c'aggio mmentato io. Si te fa piacere 'o puo' pruva'.»

Nun pare nu sistema troppo pratteco, penzaie Alice, e pe quacche menuto cammenaie senza dìcere na parola, *penzanno e spenzanno* ncopp'a 'stu fatto, e fermànnose de vota 'nvota p'aiuta' 'o povero Cavaliero, che certo *nun* era nu buono cravaccatore.

Ogne vota ca 'o cavallo se fermava (e succereva assaie spisso), isso careva annanze; e ogne vota ca 'o cavallo repigliava a ccammena' (e cchesto p' 'o ssòleto succereva 'antrasatta), isso careva addereto. P' 'o riesto jeva abbastantamente buono, si nun fosse stato ca teneva 'a renza 'e care' 'e scianco; e, pe bbia che ô ssoleto chesto succereva da 'a parte addó cammenava Alice, essa scuprette subbeto ch' 'a meglia cosa era chella 'e nun cammena' troppo abbicin' 'o cavallo.

«Aggio paura ca vuie nun tenite troppa pratteca cu 'e cavalle,» s'arresecaie a ddi', 'ntramente l'aiutava a se sósere dopp' 'o quinto caracuollo.

'O Cavaliero 'a tenette mente facènnose 'e ccroce e nu poco cuntrariato pe l'asservazione. «Ma che staie dicenno?» scrammaie, 'ntramente s'arranfechiava n'ata vota ncopp' 'a sella, afferrànnose cu na mana a 'e capille d'Alice pe nun care' 'a chell'ata parte.

«Pecché quanno 'a gente fa assaie pratteca nun care accussì spisso.»

«I' aggio fatto nu cuófeno 'e pratteca,» dicette 'o Cavaliero cu protucopia; «nu cuófeno 'e pratteca!»

A Alice nun le venette 'ncapa nient'ato 'e meglio 'a dìcere ca «Overamente?», ma 'o ddicette cchiù 'e core che puteva. Aroppo jettero annanze pe n'atu ppoco 'e via senza parla', 'o Cavaliero che vruntuliava cu ll'uocchie nchiuse e Alice c' 'o teneva mente anziosa, aspettanno 'a pròssema caruta.

«'A granne arte d' 'o cravacca',» accumminciaie bell'e bbuono 'o Cavaliero, parlanno forte e scutulianno 'o vraccio deritto 'ntramente parlava, «sta tutta 'int' 'a capacetà e se tene'—» E cca 'a frase se fermaie accussì ampressa comm'era accummincata, pecché 'o Cavaliero se ruciuliaie a ccapa sotto propio llà addó se truvava a ccammena' Alice. Chesta vota essa se murette 'e paura, e l'aiutaie a s'aiza' dicenno, tutta apprenziva, «Nun ce stanno ossa rotte, spero?»

«Cose 'e niente,» dicette 'o Cavaliero, comme si nun valesse 'a pena 'e parla' si se n'era rotte doie o tre. «'A granne arte d' 'o cravacca', comme stevo dicenno, è tutta—quistione d'equilibrio. Accussì, tiene mente—»

Mullaie 'e vvriglie e stennette tutt'e ddoie 'e braccia pe fa' abbede' a Alice che vuleva dìcere. E chesta vota se derrupaie vattenno 'e rine 'nterra, deritto deritto sott' 'e zuoccole d' 'o cavallo.

«Ce vô assaie pratteca!» cuntinuava a rrepètere, pe tutt' 'o tiempo c'Alice l'aiutava n'ata vota a s'aiza'. «Ce vô assaie pratteca!»

«Ma cheste so' ccose 'a rìrere!» alluccaie Alice, pecché chesta vota l'era scappata 'a pacienza. «Pe vvuie ce vulesse nu cavallo 'e lignamme cu 'e rutellucce, chest'è!»

«Ma è na razza che va annanze senza sbuttulune?» se nfurmaie 'o Cavaliero assaie nteressato, abbrancànnose cu 'e vraccia attuorno 'o cuollo d' 'o cavallo, justo a tiempo pe se scanza' n'ata ruciuliata.

«Vanno assaie cchiù lisce 'e nu cavallo vivo,» dicette Alice cu na schiattatella 'e risa, cu tutto ch'êva cercato 'e se cuntene'.

«Me n'aggi' 'a prucura' uno,» se dicette 'o Cavaliero penzaruso. «Uno, duie—paricchie.»

Rummanettero nu poco zitte, e po 'o Cavaliero repigliaie a pparla'. «Io so' assaie bravo a nventa' 'e ccose. Mo i' penzo ca te sarraie addunata, l'urdema vota ca m'hê data na mana a mme sósere, che tenevo n'aria penzarosa?»

«Vuie stìveve nu *poco* ngrugnato,» dicette Alice.

«Be', e io propio 'int'a chillu mumento stevo nventanno nu sistema nuovo pe scravacca' nu canciello—te piacesse d' 'o senti'?»

«Me piacesse assaie,» dicette Alice cu 'a bbona manera.

«Te voglio dìcere comme m' 'è venuto 'ncapa,» dicette 'o Cavaliero. «Tiene mente, io me so' ditto "L'uneco mpiccio so' 'e piere: 'a *capa* se trova già â via 'e coppa." Allora, pe primma cosa metto 'a capa 'ncimm' 'o canciello—accussì tengo 'a capa ncoppa—po me metto a ccapa sotto—e allora 'e piere se trovano all'autezza justa, hê visto—e accussì so' arrivato all'ata parte, hê visto?»

«Sì, io crero ca quanno hê fatto tutto chesto te truvarraie 'a ll'ata parte,» dicette Alice, penzarosa: «ma nun pienze che 'sta cosa è nu poco cumpricata?»

«Ancora nun ce aggio pruvato,» risponnette serio 'o Cavaliero; «accussì nun te pozz'essere priciso, ma tengo paura che nu poco cumpricato *avess' 'a* essere.»

Pareva accussì cuntrariato 'a chest'idea che Alice cagnaie subbeto descurzo—«Comm'è curiuso 'st'ermo che tenite 'ncapa!» scrammaie alleramente. «Pure chisto è na mmenzione d' 'a vosta?»

'O Cavaliero smicciaie arbasciuso l'ermo ca le penneva da 'a sella. «Sì,» dicette; «ma n'aggio mmentato n'ato assaie meglio 'e chisto—luongo comm'a nu pane 'e zuccaro. Quanno m' 'o mettevo 'ncapa, si carevo 'a cavallo tuccava subbeto terra. Accussì, tiene mente, facevo na caruta assaie corta—però certo è ca ce *steva* sempe 'o periculo 'e ce care' arinto. E na vota 'stu fatto me capitaie—e 'a peggia cosa fuie che primma 'e puterne asci' fora arrivaie l'ato Cavaliero Janco e s' 'o nfelaie isso. L'êva pigliato pe l'ermo d' 'o suio.»

'O Cavaliero cuntanno 'stu fatto pareva accussì grannezzuso c'Alice nun tenette 'o curaggio 'e se fa' na bella resata. «Aggio paura ca l'avarraie struppiato,» dicette cu na vucella ca le tremmava, «restànnole ncopp' 'a capa.»

«Fatto sta che, comm'è naturale, l'avett' 'a piglia' a ccàuce,» dicette 'o Cavaliere parlanno serio. «E allora isso se luvaie n'ata vota l'ermo—ma ce vulettero ore e ore pe me ne fa' asci' fora. Hê 'a sape' ch'io fuie sverdo comme—comm'a nu furmene.»

«Ma chesta è na sverdezza 'e tutta n'ata specie,» cuntraddicette Alice.

'O Cavaliero scutuliaie 'a capa. «I' so' capace 'e tutt' 'e specie 'e sverdezza, te l'assicuro!» dicette. E, 'ntramente parlava accussì, aizaie 'e mmane tutto nfucato e ruciuliaie una botta da 'a sella, carenno a ccapa sotto dint'a nu fuosso futo.

Alice s'accustaie 'e corza a 'o buordo d' 'o fuosso p' 'o truva'. Chella caduta l'êva lassata cu 'a vocca aperta pecché pe nu certo tiempo isso s'era arrangiato buono, e teneva paura che chesta vota s'avev' 'a *essere* struppiato overo. Tuttavota, cu tutto ca nun arrivava a vede' ato ca 'e ssole d' 'e scarpe, essa se cunfurtaie a senti' ca cuntinuava a parla' sempe cu 'a stessa voce. «Tutt' 'e specie 'e sverdezza,» repeteva, «ma 'o nzallanuto fuie isso che facette 'a fessaria 'e se nfela' 'ncapa n'ermo e n'ata perzona—e pure cu n'ommo nfelato 'a dinto.»

«Ma comme *putite* fa' a parla' accussì carmo cu 'a capa sotto?» scrammaie Alice, tirànnolo fora p' 'e piere e appuiannolo ncopp'a l'ùrolo d' 'o fuosso, comm'a nu mattuoglio.

'O Cavaliero parette spantato pe 'sta dimanna. «Che mporta addó se trova 'o cuorpo d' 'o mio?» scrammaie. «'O cerviello me cuntinua 'o stesso a funziuna'. 'A verità, quann'io cchiù stongo a ccapa sotto, tanta cchiù cose nove arrivo a mmenta'.»

«Mo, 'a cosa 'e chesta sciorta cchiù adderitta ch'io facette maie,» seguitaie doppo nu poco, «fuie chella e nventa' na pizza doce nova durante 'o sicondo piatto.»

«Pronto p'essere servuto p' 'a cacciata doppo?» addimannaie Alice. «Be', sicuramente fuie na cosa veloce!»

«Be, no p' 'a cacciata *doppo*,» dicette 'o Cavaliero cu nu tono muscio e penzaruso: «No, sicuro no p' 'a *cacciata* doppo.»

«Allora sarrà stato p' 'o juorno doppo. Forze è pe bbia ca nun ve cunveneva d'ave' doie pizze doce p' 'o stesso pranzo?»

«Be', no p' 'o juorno *doppo*,» repetette 'o Cavaliero comm'a primma. No p' 'o juorno doppo. Comm'infatte,» seguitaie acalanno 'a capa e avascianno sempe cchiù 'a voce, «io nun crero ca chella pizza doce *fuie* maie cucenata! Comm'infatte, io nu crero ca chella pizza doce *sarrà* maie cucenata! Però comme pizza doce era na nvenzione assaie adderitta.»

«Ma qua so' 'e ccose ca servono pe l'appripara'?» addimannaie Alice cu 'a speranza 'e l'allegra' nu pucurillo, pecché 'o povero Cavaliero pareva assaie abbacchiato.

«S'accummencia cu 'a cartazuca,» risponnette 'o Cavaliero cu nu lamiento.

«Aggio paura ca nun avess' 'a essere troppo bona—»

«Nun troppo bona si è essa *sola*,» ascette 'mmiezo, accalurànnose; «ma nun puo' crérere che differenza fa si l'ammische cu ati ccose—tipo póvere 'a sparo e ceralacca. Ma cca t'aggi' 'a lassa'.» 'Int'a chillo mumento erano arrivate addó ferneva 'o vuosco.

Alice se lemmetaie a tenerlo mente cu n'aria scuncertata: steva penzanno a 'a pizza doce.

«Staie afflitta,» dicette 'o Cavaliero smaniuso: «lassa ca te canto na canzone pe te cunzula'.»

«Ma è longa assaie?», addimannaie Alice, pecché pe chella jurnata êva sentuto nu bello nummerro 'e puisie.

«P'essere longa, è longa,» dicette 'o Cavaliero, «ma è assaie, *assaie* bella. Tutte chille ca m' 'a sentono canta'—o lle vènono 'e llacreme all'uocchie, opuramente—»

«Opuramente che?» addimmannaie Alice pecché 'o Cavaliero nun ghieva cchiù annanze.

«Opuramente no. 'O nomme d' 'a canzona è *"Uocchie 'e Bbaccalà"*.»

«Oh, chist'è 'o nomme d' 'a canzona, nun è overo?» dicette Alice facenno abbere' c' 'a cosa le mpurtava.

«No, nun hê capito,» dicette 'o Cavaliero, guardànnola cu na faccia cuntrariata. «Chisto è comm'è *chiammato* 'o nomme. Ma 'o nomme vero è *"'O Vicchiacone"*.»

«Allora io aggi' 'a dìcere "Chesto è comm'è chiammata 'a *canzona*"?», se curreggette Alice.

«No, che staie dicenno: è tutta n'ata cosa! 'A *canzona* se chiamma "*Muode e Mmanere*", ma chesto è sulo comm' 'è chiammata, 'o ssaie!»

«Va bbuono, e allora qual è 'sta canzona?» cuncrudette Alice, che a cchisto punto se senteva scuncertata.

«Ce stevo arrivanno,» dicette 'o Cavaliero. «Pe ddìcere 'a veretà 'a canzona è "*Assettato Ncopp'a Nu Canciello*": e 'o mutivo è na mmenzione d' 'a mia.»

Ditto chesto, fermaie 'o cavallo e le mullaie 'e rrétene ncopp' 'o cuollo: po, vattenno chiano 'o tiempo cu na mana, cu nu pizzo a rriso ca le luceva ncopp'a faccia aggraziata e scumbinata, comme si s'addecriasse cu 'a museca d' 'a canzona d' 'a soia, accummiciaie.

'E tutte chelli ccose scumbinate c'Alice vedette dint' 'o viaggio che facette Attravierzo 'o Specchio, chesta fuie una 'e chelle ca s'allicurdaie sempe cchiù chiara. Doppo tant'anne era capace 'e fa' turna' arreto tutt' 'a scena comme si fosse capetata sulo 'o juorno primma—ll'uocchie blù scurnuse e 'o surriso gentile d' 'o Cavaliero—'o sole che tramuntava e le perniava mmiez' 'e capille, e 'o sbrennore 'e ll'armatura dint'a na lampa 'e luce ca l'appicciava sana sana—'o cavallo che nzunzuliava quieto quieto, cu 'e rrétene abbandunate ncopp' 'o cuollo, brucanno l'èvera sott' 'e piere—e addereto ll'ombre scure d' 'o vuosco—Tutto chesto furmaie comm'a nu quatro annanz'a Alice. Ca s'appujaie a na pianta, reparànnose ll'uocchie cu 'a mana, e rummanette a guarda' chella strana paréglia, sentenno comme 'nzuonno 'a museca malenconeca d' 'a canzona.

«Ma 'o mutivo *nun è* na nvenzione d' 'a soia,» dicette 'ncap'a essa, «se tratta 'e "*Io te dongo tutto, e cchiù nun pozzo*".» Essa se fermaie a senti' cu assaie attenzione, ma lacreme all'uocchie nun ne venettero.

«*Te voglio di' tutto chello che pozzo*
    ma è cosa piccerella:
Vedette nu vicchione accucciuliato
    ncopp'a na cancellata.
Dicett'io: "Vicchiariello comme staie?
    e comme tire annanze?"
'A resposta m'attraverzaie 'o cerviello
    comme l'acqua 'o setaccio.

"Vaco 'ncerca 'e palomme," responnette,
    "ca dormono 'int' 'o ggrano:
ne faccio pasticciotte 'e carne 'e piécuro,
    che venno 'mmiez' 'a via.
'E ccunzegno a chill'uómmene che vanno
    pe mmare tempestuse;
e m'abbusco accussì nu piezzo 'e pane—
    È pampuglia, pe tte."

Ma io penzavo surtanto a nu pruggetto
    pe fa' vierde 'e mustacce,
e p'ausa' nu ventaglio bello gruosso
    pe tenerle annascuse.
Accussì, nun putenno da' resposta
    a 'e pparole d' 'o viecchio,
alluccaie: "Viene cca, tu comme campe?"
    e ll'ammatuntaie 'a capa.

Isso repigliaie 'o cunto, scurnusiello:
    dicette "Tiro annanze,
e quanno ncoccio nu sciummo 'e muntagna,
    comm'a niente l'appiccio;
e po ne faccio nun nguacchio chiammato
    Uoglio p' 'a Capa Vosta—
Duie centiéseme e mmiezo, chest'è tutto
    'o cumpenzo c'abbusco."

Ma io penzavo sultanto a nu sistema
    p'apprunta' na menesta
che chiano chiano, juorno doppo juorno,
    serve a ngrassa' nu poco.
'O sbrunzuliaie da cca e da llà, 'nzi' a quanno
    facette 'a faccia blù.
"Viene cca, comme campe," l'alluccaie,
    "e comme passe 'o tiempo!"

Dicette "Vaco 'ncerca d'uocchie 'e triglie
    'mmiez' 'e ffronne lucente,
e te ne caccio, dint' 'e nnotte mute,
    buttune p' 'o gilè.
Ma nun m' 'e vvenno pe munete d'oro
    o pe piezze d'argiento,
cu quatto o cinche munetelle 'e ramme
    te ne puo' accatta' nove.

Cierti vvote appriparo pane e burro,
    frasche 'e limme p' 'e rance;
ciert'ate cerco rote 'int' 'e pascune
    p' 'e Cucchiere 'e carrozza.
E chesta è 'a via (facette na zenniata)
    pe m'abbusca' 'a campata—
Sarraggio assaie felice 'e fa' nu brìnnese
    a la salute toia."

Chesta vota io 'o sentette, pecché stevo
    llà llà pe truva' 'o muodo
pe scrusta' 'a ruzza da 'o ponte 'e Menaie,
    vullènnolo 'int' 'o vino.
E 'o ringrazziaie pecché m'êva spiecato
    isso comme campava,
e ancora 'e cchiù p' 'o brìnnese accustante
    a la salute meia.

E mo s'io, pe cagna', nfezzasse 'e ddete
    dint'a nu cato 'e colla,
o, comm'a pazzo, 'int' 'a scarpa mancina
    nfilo o pere deritto,
o si cade na cosa assaie pesante
    ncopp' 'o dito d' 'o pere,
chiagnarraggio, pecché me vene a mente
'stu vicchiariello c'aggio canusciuto—.
Ch'era azzeccuso e che parlava chiano,
che teneva 'e capille comm' 'a neva,
'a faccia comm'a chella de na ciàvola,
cu chill'uocchie appicciate comm' 'a vrasa,
ca pareva scommuosso 'a n'afflezione,
che ghieva sbaculianno 'a cca e 'a llà,
'o primmo masto d' 'e rosecachiuóve,
cu 'a vocca sempe chiena 'e panzarotte,
e che faceva muuuu comm'a nu tuoro—
Chella luntana serata d'estate,
    uno assettato ncopp' 'a cancellata.

Quanno fernette 'e canta' ll'urdeme parole d' 'a ballata, 'o Cavaliero afferraie 'e rrétene e avutaie 'a capa d' 'o cavallo da 'a parte 'a do' erano venute. «Tu hê 'a cammena' sulo ati ppoche metre,» dicette, «abbasci' 'a cullina e a ll'ata parte 'e chillo sciummariello, e po addeventarraie na Riggina—ma vuo' resta' apprimma a vede' ch'io me ne vaco?», agghiognette pe bbia c'Alice s'era già avutata a guarda' anziosa 'a chella parte ch'isso l'êva nzignata. «Nun ce mettarraggio troppo tiempo. Tiene 'mmano e sbentulea 'o farzuletto quann'io arriv'ô puntone! I' penzo che accussì me darraie curaggio, tiene mente.»

«È certo ca v'aspetto,» dicette Alice, «e grazie assaie p'essere venuto acussì luntano—e p' 'a canzona—m'è piaciuta 'a muri'.»

«Sperammo,» dicette dobbeiuso 'o Cavaliero, «però tu nun hê chiagnuto tanto quant'io m'aspettavo.»

Accussì se stregnettero 'a mana, e po 'o Cavaliero s'alluntanaie chiano chiano dint' 'o vuosco. «Nun penzo ca ce vularrà assaie tiempo pe nun 'o vere' cchiù,» dicette Alice 'ncap'a essa, e rummanette a guarda'. «'O vi' lloco! A ccapa sotto comm' 'o ssòleto, però s'aiza n'ata vota cu sciordezza—chesto pecché tene nu cuófeno 'e cose appese tuorno tuorn' 'o cavallo—» Accussì essa seguitaie a parla' sola, 'ntramente teneva mente 'o cavallo ca s'alluntanava chianu chiano p' 'a via, e 'o Cavaliero ca ruciuliava da 'a sella, primma 'a na parte e po 'a n'ata. Doppo 'a quarta o 'a quinta capetómmola isso arrivaie â vutata, e allora essa le sbentuliaie 'o farzuletto, e aspettaie nzi' a quann'isso nun scumparette da 'a vista.

«Spero 'e ll'ave' dato curaggio,» dicette essa, e s'avutaie 'e corza pe bbascio 'a cullina: «e mo pe l'urdemo sciummariello primma d'addeventa' Riggina! Comme sona mpurtante!» Nu paro 'e passe 'a purtàieno ô bbuordo d' 'o sciummariello. «Finarmente l'Uttava Casella!» scrammaie scravaccànnolo cu nu zumpo,

e se jettaie longa longa 'nterra ncopp'a na stesa d'èvera cenèra comm' 'o musco, cu quatrille 'e sciure ca lucechiàvano cca e llà. «Oh comme so' felice d'essere arrivata cca! Ma mo ched'è 'sta cosa ca tengo 'ncapa?» scrammaie scuieta, allunganno 'e mmane ncopp'a quaccosa assaie pesante ca l'astrigneva 'a capa tuorno tuorno.

«Ma comm'ha fatto a arriva' cca senza che me n'addunavo?» dicette 'ncap'a essa, 'ntramente s' 'a sfelava da 'a capa, e se l'appujava 'nzino pe scupri' e che se trattava.

Era na curona d'oro.

C A P I T O L O   I X

'A Riggina Alice

«Be, è na cosa 'e pazze!» dicette Alice, «nun me sarria maie aspettata d'addeventa' na Riggina accussì ampressa—e ve voglio dìcere chello che è, Maestà,» seguitaie bella tosta tosta (le piaceva assaie cazziarse appedessa), «nun me pare na cosa bella ruciuliarse accussì ncopp'a ll'èvera! 'E Rriggine s'hann' 'a cumpurta' sempe comme se cunvene.»

Accussì se susette e facette quacche passo—apprimma nu poco téseca, pe paura c' 'a curona le puteva care'; ma po se facette curaggio, visto che nisciuno 'a teneva mente, «E si io songo overo na Riggina,» dicette cunfromme s'assettava n'ata vota, «cu 'o tiempo arrivarraggio a cumpurtarme buono.»

Tutt' 'e ccose ca stévano succerenno erano accussi curiose ca nun se facette nisciuna maraveglia quanno truvaie 'a Riggina Rossa e 'a Riggina Janca assettate 'e canto a essa, una pe parte: l'avesse fatto assaie piacere 'e ll'addimanna' comm'erano arrivate llà, ma se mettette appaura ca nun sarria stata bona crianza. Tuttavota penzaie ca nun ce steva niente 'e male si l'addimannava si 'a partita era fernuta. «Pe ppiacere, me vulìsseve dìcere—» accumminciaie apprenziva, smiccianno 'a Riggina Rossa.

«Tu hê 'a parla' sulo quanno già t'hanno parlato!» 'a fermaie subbeto 'a Riggina.

«Ma si tutte quante jessero appriesso a 'stu prencipio,» dicette Alice, ca era sempe pronta a fa' questione, «e si tu putisse parla' sulo quanno t'hanno già parlato, e l'ata perzona aspettasse sempe c'accummince tu, allora cca nisciuno dicesse cchiù niente, accussì—».

«Che fessaria!» alluccaie 'a Riggina. «Pecché nun capisce, neh guagliunce'—» ma cca se fermaie ngruttanno, ce penzaie ncoppa pe nu minuto e, bell'e bbuono, cagnaie descurzo. «Ma che bbulive dìcere cu 'e pparole "si io songo overo na

Riggina"? Che deritto tiene 'e te chiamma' accussì? 'O ssaie ca nun putarraie essere maie na Riggina si apprimma nun hê passato l'esame che serve. E cchiù ampressa accumminciammo, meglio è.»

«Ma io aggio ditto sulo "si"!» se scurpaie 'a povera Alice.

'E ddoie Riggine se guardaieno l'una cu l'ata, e 'a Riggina Rossa dicette, cu nu tremmuliccio, «Essa *dice* c' 'ha ditto sulo "si"—»

«Ma essa ha ditto assaie cchiù 'e chesto!» s'allamentaie 'a Riggina Janca, nturcigliànnose 'e mmane. «Assaie, assaie 'e cchiù!»

«È overo, 'o ssaie,» dicette 'a Riggina Rossa a Alice. «Hê 'a dìcere sempe 'a veretà—pensarce buono primma 'e parla'— e po scrivere chello c'hê ditto.»

«So' sicura ch'io nun vulevo dìcere—» steva accummincianno Alice, ma 'a Riggina Rossa 'a fermaie spacienziosa.

«È propio chesto che a mme nun me piace! Tu *aviss'* 'a avuto vule' dìcere! A cche pienze che putesse servi' na figliola che nun vô dìcere niente? Pure nu juoco ha dda signifeca' quaccosa—e voglio spera' che na criatura è cchiù mpurtante 'e nu juoco. Chist'è nu fatto ca nun putarraie maie annija', pure si ce pruvasse cu tutt' 'e ddoie mane.»

«Ma io nun desdico 'e ccose cu 'e *mmane*,» cuntraddicette Alice.

«Nisciuno ha ditto ca tu 'o ffaie,» dicette 'a Riggina Rossa. «Io aggio ditto ca si 'o vvulisse fa' nun 'o pputarrisse fa'.»

«Se trova dint'a chillo stato d'anemo,» dicette 'a Riggina Janca, «che vulesse annija' *quaccosa*—sulo che nun sape che annija'!»

«Nu carattere ntruppecuso e fetente,» ncasaie 'a Riggina Rossa; po ce fuie na mutia mpacciata pe nu menuto o dduie.

'A Riggina Rossa fuie 'a primma a rompere 'o selenzio, avutànnose â Riggina Janca: «Te nvito pe stasera a na cena â casa d'Alice.»

'A Riggina Janca le facette nu surriso miccio, cundicenno «E io te nvito a *tte*.»

«Io nun sapevo niente ca tenevo na cena,» dicette Alice; «ma si ce ne sta una io penzo c'aggi' 'a essere io a nvita' ll'uospete.»

«Nuie t'âmmo data 'accasione p' 'o ffa',» dicette 'a Riggina Rossa, «ma io aggio l'idea che tu ancora nun hê pigliato troppi lezzione 'e bona crianza.»

«'A crianza nun se sturea â scola,» dicette Alice, «'e llezzione ca te danno te servono pe fa' 'e cunte e ati cose 'e chesta specie.»

«'E ssaie fa' l'Addizzione?» addimannaie 'a Riggina Janca. «Quanto fa uno cchiù uno e uno e uno e uno e uno e uno e uno e uno e uno e uno.»

«Nun 'o ssaccio,» responnette Alice, «aggio perzo 'o cunto.»

«L'Addizzione nun 'e ssape fa',» ascette 'mmiezo 'a Riggina Rossa. «Sapisse fa' 'e Suttrazzione? Quanto fa otto meno nove.»

«Otto meno nove nun 'o ssaccio fa',» risponnette pronta Alice, «però—».

«'E Suttrazzione nun 'e ssape fa',» cummentaie 'a Riggina Janca. «Saie fa' 'e Ddevisione? Devide na pagotta cu 'o curtiello—qual è 'a resposta a *cchesto*?»

«Io crero—» steva accumminciaanno Alice, ma 'a Riggina Rossa risponnette a 'o posto suio. «Pane e burro, è naturale. Prova n'ata Suttrazzione. Lieva n'uosso 'a nu cane, che te resta?»

Alice ce penzaie ncoppa. «Certo, na vota ca 'o lieve, l'uosso nun avess' 'a rummane'—e manco 'o cane—chillo me venesse a muzzeca'—e so' certa ca nun rummanesse manco io!»

«Allora tu pienze ca nun rummanesse 'o riesto 'e niente?» addimannaie 'a Riggina Rossa.

«Io penzo c' 'a risposta è chesta.»

«Comm' 'o ssòleto hê sbagliato,» dicette 'a Riggina Rossa, «rummanesse l'arraggia d' 'o cane.»

«Ma io nun veco comme—»

«Tiene mente!» alluccaie 'a Riggina Rossa. «A 'o cane le scappasse na bella ncazzatura, si o no?»

«Pô essere,» responnette Alice cu accurtenza.

«E allora, si 'o cane se ne va, resta 'a ncazzatura!» scrammaie triunfante 'a Riggina.

Alice dicette, cchiù seria che puteva: «Ma se ne putessero ji' pure tutt' 'e dduie, uno pe na via, n'ata pe n'ata.» Ma nun putette fa ammeno 'e penza': «Ma quanti fessarie che *stammo* dicenno!»

«Chesta 'e cunte nun sape manco addó stanno 'e *casa*!» scrammaieno nzieme 'e ddoie Riggine.

«E vuie 'e cunte 'e ssapite fa'?» dicette Alice avutànnose una botta â Riggina Janca, pecché nun le piaceva d'essere cancariata 'e 'sta manèra.

'A Riggina se strubbaie e nchiudette ll'uocchie. «I' saccio fa' ll'Addizzione,» dicette, «si me daie 'o tiempo—ma 'e Suttrazzione nun 'e ssaccio fa' 'e nisciuna *manèra*!»

«Certo tu saparraie l'ABC?» dicette 'a Riggina Rosa.

«Sicuro c' 'o saccio,» dicette Alice.

«Accussì pur'io,» vervesiaie 'a Riggina Janca: «l'avimm' 'a dìcere nzieme nu sacco 'e vôte, carella. E te voglio dìcere nu secreto—io so' capace a lleggere parole furmate 'a una lettera! Nun è na *cosa* granne? Comunque sia, nun te pèrdere 'e curaggio. Cu 'o tiempo nce arrivarraie pure tu.»

Cca 'a Riggina Rossa accumminciaie n'ata vota. «Me saie respónnere a ddimanne ùtele?» dicette. «Comme se fa 'o ppane?»

«Chesto 'o ssaccio!» alluccaie Alice tutta cuntenta. «Pigliate nu poco 'e sciore—»

«Addó 'o piglie 'stu sciore?» addimannaie 'a Riggina Janca. «'Int'a nu ciardino o 'int'a na sepa?»

«Be', nun è che s'ha dda *cogliere*,» spiecaie Alice, «s'ha dda *macena'*—»

«Quant'acre 'e turreno?» addimannaie 'a Riggina Janca. «Tu nun ce hê 'a passa' pe coppa a tutte 'sti ccose.»

«Falle nu poco 'e viento 'ncapa!» se n'ascette anziosa 'a Riggina Rossa. «Doppo 'ave' penzato tanto le sarra' sagliuta 'a freva.» Accussì se mettèttero a susciarla cu cierti mazze 'e fronne, nzi' a quanno essa nun le dicette 'e luva' mano, pecché le scuncecavano tutt' 'e capille.

«Sta bbuono, putimmo ji' annanze,» dicette 'a Riggina Rossa. «'E ccanusce 'e Llengue furastiere? Comme se dice 'nfrancese stracchimpàcchio?»

«Ma stracchimpàcchio nun è na parola ngrese,» responnette seria Alice.

«Ma chi t'ha maie ditto ch'era ngrese?», dicette 'a Riggina Rossa.

Alice penzaie che 'sta vôta se ne puteva asci' buono. «Si vuie me dicite che lengua è "stracchimpàcchio" io ve dico comme se dice 'nfrancese!» scrammaie tutta galliata.

Ma 'a Riginna Rossa se ntustaie, e dicette «'E Riggine nun s'abbaccano maie cu nisciuno.»

«I' vulesse ca 'e Riggine nun facessero maie dimanne,» penzaie Alice 'ncap'a essa.

«Nun ce appiccecammo,» dicette anziosa 'a Riggina Janca. «Qual è 'a causa d' 'o lampo?»

«'A causa d' 'o lampo,» responntette Alice arresoluta, pecché 'e 'sta cosa era certa, «è 'a trònola—no, no!» apparaie. «Vulevo dìcere 'o ccuntrario.»

«È troppo tarde p'appara',» dicette 'a Riggina Rossa: «quanno hê ditto na cosa chella se nchiocca, e tu te n'hê 'a zuca' 'e cconsequenze.»

«Chesta cosa me fa veni' a mmente—» dicette 'a Riggina Janca, guardanno 'nterra e seguitanno, spacienziosa, a strégnere e allenta' 'e mmane, «che Martedì passato avimmo avuta na *tale* tempesta—voglio dìcere una 'e cheste urdeme sequenzie 'e Martedì.»

Alice rummanette scuncertata. «A 'o paese *nuosto*,» ncucciaie, «ce sta sulo nu juorno pe vvòta.»

Dicette 'a Riggina Rossa: «Chesta è na pezzentaria. Mo nuie *cca* ô ssoleto tenimmo duie o tre ghiurnate e nuttate pe vvota, e quann'è vierno nuie nce pigliammo pure cinche nuttate tutte nzieme—pe sta' cchiù càvure, hê 'a sape'.»

«Pecché, cinche nuttate songo cchiù càvore c'una nuttata?» s'arresecaie a addimanna' Alice.

«È naturale, cinche vòte cchiù càvore.»

«Ma p' 'o stesso prencipio esse avesser' 'a essere cinche vòte chiù fredde—»

«Propio accussì!» alluccaie 'a Riggina Rossa. «Cinche vote cchiù càvore *e* cinche vote cchiù fredde—propio comm'io so' cinche vòte cchiù ricca 'e te, e cinche vote cchiù scetata!»

Alice cacciaie nu suspiro e se dette nu pìzzeco ncopp' 'a panza. «Chest'è propio comm'a n'anneveniello senza resposta!» penzaie.

«L'êva capito pure Uvicciullo,» se n'ascette 'a Riggina Janca, acalanno 'a voce quase comme si se stesse parlanno ncuollo. «Isso venette vecin' 'a porta cu nu tirabbusciò 'mmano—»

«E che ghieva truvanno?» addimannaie 'a Riggina Rossa.

«Dicette che avesse vuluto trasi',» risponnette 'a Riggina Janca, «pecché jeva truvanno a n'ippopotamo. Però succedette ca chella matina â casa nun ce ne stévano.»

«Pecché ô ssoleto ce ne stanno?» se facette maraveglia Alice.

«Be, sulo 'e gioverì,» dicette 'a Riggina.

«Io 'o ssaccio pecché era venuto,» dicette Alice, «isso vuleva castica' 'e pisce, pecché—»

Cca 'a Riggina Janca accumminciaie da 'o capo. «Ce steva na tempesta tale ca nu t' 'a puo' mmaggena'!» («Essa nun ne sarria stata *maie* capace, 'o ssaie,» dicette 'a Riggina Rossa). E nu piezzo d' 'a suffitta se sprufunnaie, e trasètte nu càspeto 'e tuono—che seguitaie a gira' tuorno tuorno p' 'a stanza cu tanta piezze gruosse—abbarrucanno tavule e ccose—nzi' a quanno io stevo accussì morta 'e paura ca nun m'arricurdavo cchiù 'o nomme mio!»

Alice penzaie 'ncap'a essa «Io nun starrie certo a cerca' 'e m'allicurda' 'o nomme mio mmiezo a nu scenufreggio? Che besuogno ce stesse?» ma nun 'o ddicette forte, pe paura c' 'a povera Riggina ce puteva resta' malamente.

«'A Maestà Vosta l'ha dda scusa',» dicette a Riggina Rossa a Alice, piglianno na mana d' 'a Riggina Janca e accarezzànnola cu 'a bona manera: «è na brava fémmena ma 'ngenerale nun pô fa' ammeno 'e dìcere fessarie.»

'A Riggina Janca guardaie apprenziva Alice, c'afferraie c'avesse avut' 'a dìcere quaccosa 'e gentile, ma a cchillo mumento nun le venette niente 'ncapa.

«Essa nun ha maie avuta na bona educazione,» seguitaie 'a Riggina Rossa. «ma è propio na pasta 'e mèle! Accarézzale 'a capa e vide comme 'a faie cuntenta!» Ma chesto era cchiù 'e chello c'Alice teneva 'o curaggio 'e fa'.

«Abbasta sulo nu poco d'affabbeletà—l'arravuoglie 'e capille dint' 'a carta—e cu essa sarranno perne nfilate a lo junco—»

Allora 'a Riggina Janca facette nu suspirone e pusaie 'a capa ncopp' 'a spalla d'Alice. «Me moro 'e suonno!» s'allamentaie.

«Puverella, sta stracqua!» dicette 'a Riggina Rossa. «Allìsciale 'e capille—mprèstale 'a scuffia p' 'a notte—e càntale 'a nonna nonna.»

«Ma io 'a scuffia p' 'a notte nun m' 'a porto cu mme,» dicette Alice, cercanno d'ubberi' a 'o primmo cunziglio: «e nun saccio nisciuna nonna nonna.»

«Vô dìcere che allora l'aggi' 'a fa' io,» dicette 'a Riggina Rossa, e accumminciaie:—

> *«Fa' 'a nunnarella 'int' 'e bbraccia d'Alice*
> *p'aspetta' 'a festa durmenno felice.*
> *Po dopp' 'a festa ce ne jammo a abballa'—*
> *cu 'e Riggine Janca e Rossa, e cchi ce sta!»*

«E mo che saie 'e pparole,» agghiognette, pusanno 'a capa ncopp'a ll'ata spalla d'Alice, «cantammella a mme. Me sta venenno suonno a mme pure.» E nu minuto doppo tutt'e ddoie 'e Riggine durmevano a ssuonno chino, runfanno comm'a trumbune.

«E mo io ch'aggi' 'a fa'?» scrammaie Alice guardànnose attuorno scuncertata, 'ntramente primma na capa tonna e po n'ata le ruciuliavano abbascio da 'e spalle e le se pusavano 'nzino comm'a ddoie palle 'e chiummo. «Crero ch'ancora nun era capitato apprimma che quaccheduno s'avev' 'a piglia' cura 'e ddoie Riggine c'hanno pigliato suonno mparanza! No, no dint'a tutt' 'a Storia 'e ll'Inghilterra—nun putarria essere maie succieso, pure pecché nun ce so' maie state cchiù 'e na Riggina pe vvota. Scetàteve, vuie pesate troppo assaie!» seguitaie spacienziosa. Ma nun ce fuie ata resposta ca nu runfamiento lieggio.

'Stu rrunfa' se faceva sempe cchiù priciso 'e mumento 'nmumento, e sempe cchiù sìmmele a nu mutivo: a la fine Alice puteva perzino cogliere 'e pparole, e rummanette a senti', accussì presa che quanno chilli dduie capucchiune sbanettero all'intrasatta, essa quase nun ce facette caso.

Se truvaie nchiantata comm'a nu palo annanze a na porta a arco che purtava scritte 'e pparole "RIGGINA ALICE" scritte grosse, e ncopp' 'e dduie late 'e ll'arco ce steva 'o laccio 'e nu campaniello; uno signato "Campaniello p' 'e Visetature" e l'ato "Campaniello p' 'e Serveture".

«Mo aspetto primma ca fernesce 'a canzona,» penzaie Alice, «e po' sono o—o—ma *quale* campaniello aggi' 'a suna'?» seguitaie cunfusa pe chilli nomme. «Io nun songo nu visetatore, e nun songo na serva. Ce n'avess' 'a sta' uno signato "Riggina", 'o ssaie—»

Propio allora s'arapette na senga d' 'a porta e na criatura, cu nu pizzo luongo d'auciello, cacciaie pe nu mumento 'a capa 'a fora, cundicenno: «Nun se pô trasi' apprimma d' 'a semmana che vene doppo chella pròssema!» e le sbattette 'a porta 'nfaccia.

Alice tuzzuliaie e scampaniaie a vvacante pe paricchio tiempo; nzi' a quanno na Ranavòttola vecchia scuffata, ca steva assettata sott'a n'arbero, s'aizaie e le s'abbicinaie chianu chiano zuppechianno: teneva nu custume 'e nu giallo appicciato e nu paro 'e stivale sprupusitate.

«Ma ch'è stato?» addimannaie 'a Ranavottola cu na voce abbrucata.

Alice s'avutaie, pronta a s' 'a piglia' cu 'o primmo ca le capetava a ttiro. «Addó sta 'o servitore ncarrecato a rrespónnere a 'sta porta?» accumminciaie a ddìcere ncarzapelluta.

138

«Qua' porta?» dicette 'a Ranavòttola.

Alice steva pe sbattere 'e piere 'nterra, tanta d' 'arraggia p' 'o fatto ca chella parlava accussì moscia. «Chesta porta, è naturale!»

Pe nu minuto 'a Ranavòttola guardaie 'a porta cu chill'uocchie gruosse e nzìpete: po le s'accustaie e le strufinaie 'o detone ncoppa, comme pe cuntrulla' 'a resistenza d' 'a pittura: po guardaie Alice.

«Respónnere a 'a porta?» dicette. «Pecché, che dimanna ha fatto 'sta porta?» Teneva na voce accussì abbrucata c'Alice a stiento 'a senteva.

«Nun capisco che bbuo' dìcere,» dicette.

«Io parlo Napulitano, sì o no?» seguitaie 'a Ranavòttola. «O sî sorda? Che t'ha addimmannato 'a porta?»

«Niente!» se sfastediaie Alice, «i' l'aggio tuzzuliata.»

«Nun l'avisse avut' 'a fa'—nun l'avisse avut' 'a fa'—» barbuttiaie 'a Ranavòttola. «Le faie male, 'o ssaie.» Po s'accustaie e chiavaie nu càucio â porta cu chillo pedazzone. «Tu làssa sta' a *essa*,» abbascaie, 'ntramente turnava sott'a ll'arbero zuppechianno, «e vvide che pur'essa lassarrà sta' a *tte*.»

A 'stu mumento 'a porta fuie spaparanzata e se sentette nu malo cannicchio che cantava:—

> *«A cchi è d' 'o Spiecchio Alice parla e sona:*
> *"Cu 'o scettro 'mmano e 'ncapa na curona*
> *ve mmito a cculazione 'int' 'a na chianca,*
> *cu mmico e cu 'e Riggine Rossa e Ghianca!"»*

Allora s'aunettero a 'o coro centenare 'e voce:—

> *«Regnìteve 'e bbicchiere 'e tutta pressa,*
> *'a tavula denchite 'e vrenna allessa:*
> *nzuppate gatte e ssùrece 'int' 'o tte—*
> *viva 'a Riggina Alice, uno, ddoie e tre!»*

Subbeto doppo succedette n'ammuina 'e vattemane, e Alice penzaie 'ncap'a essa: «Uno, doie e tre fanno seie. Vulesse sape' si quaccheduno 'o cunto s' 'o fa!» Nu menuto doppo se facette n'ata vota silenzio e 'a stessa voce zerriante cantaie ati vierze:—

«"Currite vuie d' 'o Specchio," ntunaie Alice,
"pe ll'annore e 'o piacere 'e me vede':
cu mme e 'e Rriggine, pe ve fa' felice,
magnammo nzieme e nce vevimmo 'o tte!"»

E po' attaccaie n'ata vota 'o coro:—

«"Regnìteve 'e bbicchiere 'e te e vvammace,
o 'e chello che cchiù 'e vévere ve piace:
arena e vino, acito e sfabbricina—
E mille appràuse p'Alice Riggina!"»

«Mille appràuse!» repetette Alice mettènnose 'e mmane 'ncapa. «Ma nun l'arrivarranno maie a ffa'! 'A meglia cosa è che me faccio subbeto annanze—» accussì trasette, e comm'essa spuntaie se facette nu selenzio 'e morte.

Alice, saglienno pe tutt' 'o salone, passaie ll'uocchie spacienzuse luongo luongo 'a tavulata, e nutaie ca già ce stévano na cinquantina d'uóspete 'e tutt' 'e manère: cierte erano animale, cierte erano aucielle, e mmiez'a lloro ce stéva pure quacche sciore. «Me fa piacere ca so' venute senza aspetta' d'essere nvitate,» penzaie: «Nun avarria maie saputo qual'erano 'e perzone ch'era buono 'e nvita.'»

A ccap' 'e tavula ce stevano tre segge: 'e Rriggine Rossa e Janca se n'erano già pigliate doie, ma chella 'e miezo era ancora vacante. Alice nce s'assettaie ncoppa, nu poco mbarazzata p' 'o selenzio, spantecanno pe senti' parla' quaccuno.

140

Finarmente 'a Riggina Rossa accumminciaie: «Te sî perza 'a zuppa 'e pesce,» dicette. «Purtate l'arrusto!» e 'e cammariere mettettero nu cusciotto 'e piécuro annanz'a Alice, ca 'o tenette mente cu nu poco d'apprenzione pecché primma d'allora nun l'era maie capetato e fellia' n'arrusto.

«Me pare che staie nu poco apprenziva: lassa ca t'appresento 'stu cusciotto 'e piécuro,» dicette 'a Riggina Rossa. «Alice—Piecuro; Piecuro—Alice.» 'O cusciotto 'e piecuro s'aizaie dint' 'o piatto e le facette n'alleverenzia; e Alice turnaie l'alleverenzia a isso, senza sape' si s'avev' 'appaura' o s'avev' 'a fa' na resata.

«Ve ne pozzo da' na fella?» dicette piglianno 'o curtiello e 'a furchetta, e guardanno primma na Riggina e po l'ata.

«Certo che no,» dicette arresoluta 'a Riggina Rossa: «nun è bona crianza fa' a ffelle quaccuno ca mo t'è stato appresentato. Luvate 'a miezo 'st'arrusto!» E 'e cammeriere s' 'o purtaieno, e a 'o posto suio servettero na pizza doce cu prune e uva passa.

«Pe piacere, nun vulesse essere appresentata pure a 'a pizza doce,» s'affrettaie a ddìcere Alice, «ca sinò restammo senza magna'. Ve ne pozzo da' nu poco?»

Ma 'a Riggina Rossa cacciaie tanto nu musso e bruntuliaie «Pizza Doce—Alice; Alice—Pizza Doce. Luvate 'a miezo 'sta pizza doce!» e 'e cammariere s' 'a purtàieno, accussì 'e corza c'Alice nun facette manco a ttiempo a le turna' l'alleverenzia.

Comunque sia, essa nun se faceva capace d' 'o ppecché 'a Riggina Rossa avev' ' a essere essa sola a ccummanna'; accussì, pe fa' na prova, chiammaie forte: «Cammarie'! Porta n'ata vota 'a pizza doce;» e chesta le cumparette annanze dint'a nu mumento comme si fosse stato pe nu juoco 'e pristiggio. Era accussì grossa c'Alice nun putette fa' ammeno e pruva' nu *poco* d'apprenzione, comme l'era succieso cu 'o piécuro; comme sia sia, se facette curaggio, ne tagliaie na fella e l'uffrette â Riggina Rossa.

«Che scustumatezza!» dicette 'a Pizza Doce. «Vulesse propio sape', piccerella, tu che ne penzasse s'io tagliasse na fella 'a cuollo a *tte*!»

Parlava cu na voce futa e chiatta, e Alice nun fuie capace 'e respónnere una parola. Nun putette fa' ato che assettarse e tenerla mente cu 'a vocca aperta.

«Dice quaccosa,» scrammaie 'a Riggina Rossa: «è na cosa strèvuza lassa' tutt' 'a cummerzazione 'mmano a na pizza doce!»

«Tenite mente, dint'a cchesta jurnata m'hanno recetato tante 'e chelli puisie,» accumminciaie Alice, nu poco appaurata p' 'o fatto che, comm'essa êva araputa 'a vocca, era sciso nu selenzio 'e morte e tutte ll'uocchie s'erano appizzate ncuollo a essa; «e m'è parso curiuso ca—tutte chesti puisie tèneno quaccosa a cche fa' cu 'e pisce. Me sapìsseve dìcere pecché 'a chesti parte tèneno chesta passione p' 'e pisce?»

Alice s'era nderezzata â Riggina Rossa, c'allebbrecaie parlanno mazzecato. «Pe chello che cuncerne 'e pisce,» dicette chianu chiano e ntesecata, accustanno 'a vocca vicin' 'a recchia d'Alice, «soia Maestà Janca canosce n'anneveniello sfiziuso—tutto 'npuisia—e tutto ncopp' 'e pisce. T' 'o vuo' fa' receta'?»

«Vostra Maestà Rossa è assaie gentile a sprubbecarlo,» vervesiaie 'a Riggina Janca dint'a ll'ata recchia d'Alice, cu na voce ca pareva 'o rucche-rucche d' 'e palumme. «Pe mme sarria nu *tale* piacere! 'O ppozzo fa'?»

«Comme no!» dicette Alice cu finezza.

'A Riggina Janca facette na faccia surridente e accarezzaie 'a faccia d'Alice. Po accummenciaie:

> «*"Apprimma, o' pesce ce l'hann' 'a pisca'."*
> *Nun ce vô niente: 'o ppô fa' na criatura.*
> *"Sicondo: 'o pesce tu te l'hê 'a accatta'."*
> *Basta nu sordo, nun ave' appaura.*
>
> *"Po l'hê 'a cucena' buono chistu pesce!"*
> *Che ce vô, nu menuto e te riesce.*
> *"Doppo l'hê 'a l'apparicchia' dint'a nu piatto."*
> *'O tiempo ca se dice, e già s'è fatto.*
>
> *"Puórtalo cca! Famme gusta' 'sta cena!"*
> *È facele purta' 'ntavula 'o piatto.*
> *"Aìza 'o cupierchio, nun me fa' sta' 'npena!"*
> *Cca sta 'a cumpricazione, chist'è 'o fatto!*
>
> *Se so' ncullate 'o piatto cu 'o cupierchio—*
> *p' 'e scuzzeca' ce vulesse 'o scarpiello:*
> *Ma è cchiù fàcele scastagna' 'o cupierchio,*
> *opuro scuperchia' 'st'anneveniello?»*

«Te dongo nu menuto pe penza' e po m'hê 'a da' 'a resposta,» dicette 'a Riggina Rossa. «Pe tramente, nuie, vevimmo â saluta toia—â salute d' 'a Riggina Alice!» alluccaie forte, e tutte ll'uóspete se mettettero a vvévere, 'e na manèra ch'era una cchiù strèvuza 'e n'ata: quaccuno 'e lloro se pusaie 'o bicchiere 'ncapa comm'a nu stutacannela, e s'alleccava tutto chello ca le scurreva pe ffaccia—ciert'ate devacàieno 'e ccarrafe ncopp' 'a tavula e se zucavano 'o vino che le culava da 'e buorde; tre 'e lloro (ca parevano cangure) s'arranfechiàieno ncopp' 'a sperlonga d' 'o piécuro arrustuto e abbiàieno a se surchia' 'o zuco guliuse, «Tale e quale a 'e puorce int' 'o cupiello!», penzaie Alice.

«Mo tu t'aviss' 'a leva' l'ubbricazione cu nu bello descurzo 'e rengraziamiento,» s'avutaie 'a Riggina Rossa, cu n'aria nfuscata.

«E nuie, 'o ssaie, t'avimm' 'a sustene',» dicette zittu zitto 'a Riggina Janca quanno Alice s'aizaie, assaie ubbediente ma nu poco appaurata.

«Grazie assaie,» barbuttiaie Alice 'e retuorno, «ma pe me va bbuono pure senza.»

«Ma certo nun sarria 'a stessa cosa,» se ntustaie 'a Riggina Rossa; accussì Alice facette abbede' ca nun l'aveva sentuta.

(«E comme vuttavano!» dicette cchiù tarde, quanno cuntaie 'a storia d' 'a tavuliata â sora. «Avisse pututo penza' ca me vulevano scamazza' comm'a na nucella!»)

E pe essa fuie overo assaie difficultuso resta' ferma addó se truvava, 'ntramente faceva 'o descurzo: 'e ddoie Riggine l'astregnévano, una pe parte, accussì forte c'a n'atu ppoco l'aizavano 'ncielo. «Me so' aizata pe ve ringrazzia'—» abbiaie a ddìcere Alice: e 'ntramente parlava s'era aizata overo 'e paricchie centimmetre; ma s'afferraie a 'o buordo d' 'a tavula e ngarraie a se tira' n'ata vota abbascio.

«Statte accorta!» scrammaie 'a Riggina Janca, afferranno 'e capille d'Alice cu tutt'e ddoie 'e mmane. «Sta pe succedere quaccosa!»

E fuie allora (comme po cuntaie Alice) che dint'a nu mumento se scatenaie n'arrevuoto. 'E ccannele s'allungaieno nzi' a sott' 'a lamia, tanto che parevano nu ciardeniello 'e junche cu 'e fuoche artificiale 'mponta. Ciascuna d' 'e butteglie afferraie nu paro 'e piatte, s' 'e sistimaie 'e corza comm'a scelle, e cu 'e furchette a 'o puosto d' 'e cianfe se ne jette currettianno tuorno tuorno; «E pàrono overamente aucielle,» penzaie Alice 'ncap'a essa, piglianno sciato meglio che puteva mmiez'a chella baraonna che steva accummincianno.

A cchillo mumento sentette 'e canto a essa na resata abbrucata e s'avutaie a guarda' che puteva essere succieso â Riggina Janca; ma, mmece d' 'a Riggina, truvaie assettato ncopp' 'a seggia 'o cusciotto 'e piecuro. «Stongo cca!» alluccaie na voce 'a dint' 'a zuppiera, e Alice s'avutaie n'ata vota, justo 'ntiempo pe vede' 'a faccia 'e pasca d' 'a Riggina, ca le surrideva pe nu mumento ncopp' 'o buordo d' 'a zuppiera primma 'e sparafunna' dint' 'a zuppa.

Nun ce steva nu menuto 'a perdere. Nu cuófeno d'uóspete s'erano già stise dint' 'e sperlonghe, e 'o cuppino steva cammenanno ncopp' 'a tavula, se steva nderezzanno spacienziuso mmerz' 'a seggia d'Alice, e le faceva signo 'e se luva' 'a nanze.

«Nun pozzo resta' nu menuto 'e cchiù!» essa alluccaie, e zumpaie allerta afferranno 'a tuvaglia cu tutt' 'e ddoie 'e mmane: na bella strappannata, e ppiatte, sperlonghe, uóspete e cannele s'abbarrucaieno tutte nzieme, ammuntunànnose 'nterra.

«Quanto a *tte*,» se n'ascette avutànnose comm'a nu cane 'e presa mmerz' 'a Riggina Rossa, ch'essa cunziderava 'a causa 'e tutto chillu burdello—ma 'a Riggina nun steva cchiù 'e canto a essa—s'era arrugnata una bbotta a *mmesura* 'e na pupatella, e mo steva ncopp' 'a tavula e curreva alleramente tuorno tuorno, secutanno 'o scialletiello ca le sbulacchiava arreto.

Dint'a qualonc'ato mumento Alice sarria restata senza parole, ma *mo* steva troppo mbriacata pe se pute' maraveglia' 'e chello che sia. «Quanto a *tte*,» repetette afferranno 'a criaturella ô mumento ca steva zumpanno ncopp' 'a na butteglia ch'era atterrata allora allora ncopp' 'a tavula, «Te voglio sbrunzulia' pe t'arredùcere na miscella, è chello che voglio fa'!»

CAPITOLO X

Sbrunzuliatune

Parlanno, parlanno l'afferraie 'a copp' 'a tavula e 'a sbrunzuliaie annanze e areto cchiù forte che puteva.

'A Riggina Rossa nun facette nisciuna resistenza: sulo ch' 'a faccia le addeventaie nu ciculillo, e ll'uocchie le se facettero gruosse e vierde; e comme Alice 'a seguitava a sbrunzulia', essa seguitava a se fa' cchiù corta—e cchiù chiatta—e cchiù cenèra—e cchiù tónna—e—

CAPITOLO XI

Resbiglio

—— *e* a cunte fatte, chella *era* overamente na miscella.

<h2 style="text-align:center">C A P I T O L O XII</h2>

Chi se l'ha sunnato?

«Vosta Maistà Rossa nun avess' 'a fa' 'e ffuse accussì forte,» dicette Alice sc-eriànnose ll'uocchie e parlanno â miscella cu n'aria accrianzata ma severa. «M'hê fatto sceta'! Oh che bello suonno ca me stevo facenno! E tu sî restata nzieme cu mme, Muscella—pe tutt' 'o tiempo ca so' stata dint' 'o Munno d' 'o Specchio. 'O ssaie, carella?»

'E miscille tèneno 'o brutto vizio (Alice l'êva già sustenuto n'ata vota) che, chello che le dice dice, fanno *sempe* 'e ffuse. «Si facessero 'e ffuse pe dìcere "sì", e po gnavulassero pe dìcere "no", o ce fosse na qualonca regula 'e chesta specie,» aveva ditto Alice, «accussì che uno putesse fa' na cummerzazione! Ma comme *puo'* parla' cu nu cristiano ca te dice *sempe* 'a stessa cosa?»

Chesta vota 'a miscella se lemmetaie a fa' 'e ffuse, accussì nun fuie pussibbele nduvina' si vuleva dìcere «sì» o «no».

Accussì Alice cercaie 'mmiez' 'e piezze d' 'e scacche ncopp' 'a tavula nzi' a quanno nun truvaie 'a Riggina Rossa: po s'addenucchiaie ncopp' 'o tappeto annanz' 'o fucone e mettette 'a miscella e 'a Riggina una 'e faccia all'ata. «E mo, Muscella!» scrammaie vattenno 'e mmane triunfante, «cunfessa ca te sî cagnata propio cu essa!»

(«Ma essa nun 'a vulette guarda',» dicette Alice quanno po cuntaie 'e fatte â sora: «avutaie 'a capa 'a ll'ata parte e facette abbere' ca nun l'êva vista: ma pare comme si se fosse miso nu *poco* scuorno, accussì io penzo c' 'a Riggina Rossa ha dda essere stata propio essa.»)

«Statte nu poco cchiù adderitta, carella!» scrammaie Alice cu na bella resata. «E fa' n'alleverenzia 'ntramente staie penzanno che cosa—che cosa hê 'a runfa'. Allicuórdate, 'o tiempo è denaro!» E 'a pigliaie 'mbraccio e le dette nu vasillo, «Justo p'annura' 'o fatto che sî stata 'a Riggina Rossa.»

«Sciurillo mio bello, bestiella mia!» seguitaie avutànnose a guarda' 'a Miscella Janca che steva ancora suppurtanno, cu na santa pacienza, ca fernévano 'e le fa' 'a tuletta, «m'addimanno, quanno Dina avarrà fernuto cu 'a Maistà Janca? Chisto ha dda essere 'o mutivo ca dint' 'o suonno d' 'o mio tu stive accussì sciambrata—Dina! Ma tu 'o ssaie ca staie scerianno na Riggina Janca? Overo che chesta è na mancanza 'e respietto!»

«E m'addimanno, ma *Dina* cu chi s'è cagnata?» seguitaie a chiacchiaria', 'ntramente se stenneva 'nterra bella commoda, cu nu gùveto ncopp' 'o tappeto e 'a vàvera appujata 'mmano, e teneva mente 'e miscille. «Dice 'a veretà Dina, te fusse cagnata in Uvicciullo? I' penzo propio che sì—comunque sia, è meglio ca nun ce 'o ddice ancora a ll'amiche d' 'e ttoie, pecch'io nun ne so' sicura.»

«Tanto pe ddìcere, Muscella, si overamente tu fusse stata cu mme 'int' 'o suonno ca me so' fatta, ce sta na cosa ca certamente te *sarria* piaciuta—m'hanno ditto tante 'e chelli puisie, tutte ncopp' 'e pisce! Diman'ammatina te faccio nu vero rialo. Pe tutt' 'o tiempo ca tu farraie culazione io te repetarraggio "'O Tricheco e 'o Mastedascio"; accussì cara mia tu puo' fa' comme si te stisse magnanno ostreche!

«Ma mo, Muscella, nuie avimm' 'a appura' chi è stato a se sunna' tutte cose. Chist'è nu fatto serio, cara mia, e tu nun aviss' 'a seguita' a t'allicca' 'a ciampa acussì—comme si Dina nun t'avesse lavata stammatina! Tiene mente, Muscella, *avimm'* 'a essere state o io o 'o Rre Russo. È overo ch'isso faceva parte d' 'o suonno d' 'o mio—ma pur'io facevo parte d' 'o suonno d' 'o suio! *È stato* 'o Rre Russo, Muscella? Tu ire 'a mugliera d' 'a soia, cara mia, e l'aviss' 'a sape'—Oh, Muscella, aiùtame a sbruglia' 'sta matassa! So' sicura ca chella ciampa pô aspetta'!» ma chella scrianzata d' 'a miscella se lemmetaie a passa' a ll'ata ciampa, facenno abbede' ca nun aveva sentuto 'a dimanna.

E vuie, chi penzate ch'era stato?

Na varca, sott' 'o cielo chino 'e sole
che prucede, ntalliànnose e sunnanno,
dint'a na sera 'e luglio—

Tre criature, accuvate spalla a spalla,
uocchie appezzate e recchie cannarute,
ncantate a senti' 'o cunto—

'A tanno, 'o cielo ardente s'è slavato,
sbampano 'e vvoce, morono 'e licuorde,
'o ggelo ha acciso luglio.

E ancora 'stu fantàsemo me ncuieta.
Alice ca se move sott'a cciele
maie viste 'a chi è scetato.

Ati ccriature a ssèntere 'stu cunto,
uocchie appezzate e recchie cannarute,
s'accuvarranno priate.

'Int' 'o Paese 'e tanti Mmaraveglie,
sunnarranno, 'ntramente 'e juorne volano,
e more n'ata esta':

comme sempe purtate d' 'a currente—
ntalliànnose 'int'a nu chiarore d'oro—
Nun è nu suonno 'a vita?

'O Vespone cu 'a Perucca

N'episodio "scartato" 'e
Attravierzo 'o specchio
e cchello c'Alice ce truvaie

Quanno Lewis Carroll scrivette *Attravierzo 'o specchio*, a John Tenniel, che designava 'e ffegure, nun le piacette uno d' 'e cunte; e pe chisto mutivo Carroll 'o luvaie 'a miezo. Mo 'stu cunto se chiamma "'O Vespone cu 'a Perucca"—nun se tratta 'e nu capitulo pure si Tenniel ne parla comme si fosse accussì. Nzi' a 'o 1974 l'episodio s'era perzo. Se so' fatte parecchie penzate pe spieca' pecché Tenniel nun accettaie 'o passo. Fatto sta ca 'o primmo 'e giugno d' 'o 1870 Tenniel scrivette a Carrol chesti pparole:

> Caro Dodgson.
>
> Io penzo che quann'arriva 'o *zumpo* dint' 'a scena d' 'a ferruvia, vuie putìsseve benissimamente fa' afferra' Alice a 'a varva d' 'a Crapa, ch'è 'a cosa ca teneva cchiù a ppurtata 'e mana—mmece ca ê capille d' 'a vecchia signora. È naturale ca 'o sbuttulone 'e ffaceva zumpa' nzieme.
>
> Nun me cunziderate sprùceto, ma i' sento l'obbreco 'e ve dìcere che a mme 'o capitulo d' 'o «*vespone*» nun me piace propio, e non me vene 'o genio d' 'o designa'. Si vuie vulite accurcia' 'o libbro, io nun pozzo fa' a mmeno 'e penza'—nun facenno mancamento a vuie—ca *chesta* è na bona accasione.
>
> Cu ll'ove 'int' 'a sacca,
>> Ve saluto
>> J. Tenniel.
>
> (*The Annotated Alice*, p. 331)

Nu nepote 'e Carroll, Stuart Dodgson Collingwood, dicette che Tenniel êva scritto ca "Nu *vespone* cu 'a *perucca* era nu piezzo fora d' 'o munno 'e ll'arte." Accussì so' assaie 'e perzone che penzano ca l'episodio fuie lassato fora pecché Tenniel nun vulette designa' na vespa ca purtava na perucca. È capace pure ca Tenniel nun teneva tiempo p' 'o ffa' pe bbia ch'era tenuto a cunzegna' quaccosa a 'o periodeco *Punch* primma 'e na certa data. Martin Gardner crede ca forze Tiennel (che a vint'anne aveva perzo 'a vista 'e n'uocchio dint'a n'incidente 'e scremma) nun s' 'a sentette 'e ce mettere mana a nu fatto addó 'o vespone trova a cche dìcere ncopp'a ll'uocchie d'Alice. (Ken Leeder facette 'o designo ca è stampato cchiù annanze, â paggena 162. E chisto se vede p' 'a primma vota 'int'a ll'edizione 'e *'O Vespone cu 'a Perucca* che fuie prubbecata a Londra 'a MacMillan 'o 1977.)

Chistu passo avess' 'a essere stato prubbecato aroppo l'episodio cu 'o Cavaliero Janco. Chist'è 'o pizzo addó Carroll vuleva ca se mettesse 'o passo:

«Spero 'e ll'ave' dato curaggio,» dicette essa, e s'avutaie 'e corza pe bbascio 'a cullina: «e mo pe l'urdemo sciummariello primma d'addeventa' Riggina! Comme sona mpurtante!» Nu paro 'e passe 'a purtàieno ô bbuordo d' 'o sciummariello. ~~Finarmente l'Uttava Casella!»~~ scrammaie scravaccànnolo cu nu zumpo,

      *   *   *   *
         *   *   *
      *   *   *   *

e se jettaie longa longa 'nterra ncopp'a na stesa d'èvera cenèra comm' 'o musco, cu quatrille 'e sciure ca lucechiàvano cca e llà. «Oh comme so' felice d'essere arrivata cca! Ma mo ched'è 'sta cosa ca tengo 'ncapa?» scrammaie scuieta, allunganno 'e mmane ncopp'a quaccosa assaie pesante ca l'astrigneva 'a capa tuorno tuorno.

«Ma comm'ha fatto a arriva' cca senza che me n'addunavo?» dicette 'ncap'a essa, 'ntramente s' 'a sfelava da 'a capa, e se l'appujava 'nzino pe scupri' e che se trattava.

Era na curona d'oro.

127

'O Vespone
cu 'a Perucca

. . . *e* steva justo pe fa' 'o zumpo, quanno sentette nu suspiro profunno ca le pareva venesse da 'o vuosco areto a essa.

«Lloco ce ha dda sta quaccuno *assaie* nfelice,» essa penzaie, e se guardaie arreto 'napprenzione pe vede' 'e che se trattava. Quaccosa comm'a n'ommo assaie viecchio (sulo ca teneva na faccia comm'a chella 'e na vespa) steva assettata 'nterra, appujata nfaccia a n'arbero, tutt'arrugnata e aggrecenuta, comme si se stesse ciuncanno 'e friddo.

«Nun *credo* propio 'e pute' fa' quaccosa pe isso,» fuie 'o primmo penziero d'Alice, che accussì s'avutaie pe zumpa' 'o sciummariello:—«però le voglio cerca' c'ha passato,» agghiognette, fermànnose 'mpizzo 'mpizzo. «Si mo zompo cagnarranno tutte cose, e allora nun 'o pozzo cchiù aiuta'.»

Accussì turnaie arreto da 'o Vespone—bastantamente 'ncontraggenio, pecché era assaie anziosa d'addeventa' na Riggina.

«Oh, chest'osse vecchie, 'st'osse vecchie ca tengo!» isso se steva lagnanno quanno Alice le s'accustaie.

«Penzo che sarranno 'e delure,» dicette Alice 'ncap'a essa, e le se fermaie abbicino, e dicette cu 'a bona manera, «Spero ca nun staie suffrenno tropp'assaie.»

'O Vespone facette sulo na scutuliata 'e spalle e avutaie 'a capa 'a ll'ata parte. «Ah pover'a mme!» se dicette.

«Pozzo fa' quaccosa pe te?» seguitaie Alice. «Nun siente nu poco friddo, cca?»

«Comm' 'a faie longa!» dicette 'o Vespone cu n'aria arraggiosa. «Scenufreggio, scenufreggio! Nun aggio visto maie na guagliona comm'a chesta!»

A cchesta risposta Alice se pigliaie nu poco collera e steva llà llà pe se ne ji' e lassarlo sulo, ma po penzaie 'ncap'a essa: «Pô essere ca è sulo 'o dulore ca 'o fa essere accussì sprùceto.» Accussì nce pruvaie n'ata vota.

«Vuo' ca t'aiuto a passa' 'a ll'ata parte? Te n'ascisse fora 'a chistu viento gelato.»

'O Vespone le pigliaie 'o vraccio e se facette aiuta' a gira' attuorno a ll'arbero, ma quanno s'assettaie n'ata vota dicette sulamente, comm'a primma, «Scenufreggio, scenufreggio! Nun puo' lassa' sulo nu pover'ommo?»

«Te piacesse s'io te leggo nu poco 'e chisto?» seguitaie Alice, aizanno 'a terra nu giurnale ch'isso teneva abbicino ê piere.

«Tu puo' leggere, si ne tiene genio,» dicette 'o Vespone, nu poco ngrugnato. «Pe chello che saccio nun ce sta nisciuno ca te cuntrasta.»

Accussì Alice s'assettaie 'e canto a isso , s'arapette 'o giurnale ncopp' 'e denocchie, e accumminciaie: «*Urdeme Nutizie. 'A Squatra Esploratrice ha fatto n'ata vìseta 'int' 'a despenza, e ha truvato cinche prete nove 'e zùcchero janco, belli grosse e sestimate. 'Ntramente steva turnanno arreto—»*

«Niente d' 'o zucchero scuro?» 'a fermaie 'o Vespone.

Alice scurrette 'e pressa 'o giurnale e dicette: «No, nun dice niente d' 'o zucchero scuro.»

«Niente zucchero scuro!» vruntuliaie 'o Vespone. «Na bella vìseta overo!»

«*'Ntramente stevano turnanno arreto,*» repigliaie a leggere Alice, «*truvàieno nu laco 'e melassa. 'E sponne d' 'o laco erano blu e ghianche, e parevano comm' 'a purcellamma. Cunfromme stevano pruvanno 'a melassa, l'è capitato nu brutto ncidente: duie 'e chille d' 'a Squatra so state aggluttute—*»

«So' state che?» addimannaie 'o Vespone cu na voce assaie arraggiata.

«Ag-glut-tu-te,» repetette Alice, spartenno 'a parola a sillabe.

«Ma na parola com'a chesta nun c'esiste!» dicette 'o Vespone.

«Ma però sta dint' 'o giurnale,» dicette Alice toma toma.

«Basta accussì!» dicette 'o Vespone, avutanno 'a capa scurbùteco.

Alice pusaie 'o giurnale, «Aggio paura ca nun te siente buono,» dicette p'appara'. «Pozzo fa' niente pe te?»

«È tutto pe bbia d' 'a perucca,» dicette 'o Vespone cu na voce assaie cchiù gentile.

«Pe bbia d' 'a perucca?» repetette Alice, assaie felice 'e truva' ca l'erano passate 'e nierve.

«Stisse ammurbata pure tu, si tenisse na perucca comm' 'a mia,» seguitaie 'o Vespone. «Te sfottono. Te danno 'e turmiente. E allora io m'arraggio. E piglio friddo. E me metto sott'a n'arbero. E piglio nu fazzuletto giallo. E me l'arravoglio 'nfaccia—comm'a mo.»

Alice 'o tenette mente cu piatà. «Nfasciarse 'a faccia è cosa assaie bona p' 'o male 'e mola,» dicette.

«È pure assaie bona p' 'a prusupupeia,» agghiognette 'o Vespone.

Alice nun afferraie buono 'a parola. «Se tratta 'e na specie 'e mal' 'e mola?» addimannaie.

'O Vespone ce penzaie nu poco ncoppa. «Beh, no,» dicette: «è quanno tu aize 'a capa—*accussì*—senza chieja' 'o cuollo.»

«Ah, vuo' dìcere 'o capotuorto,» dicette Alice.

Dicette 'o Vespone: «Chisto è nu nomme nuovo. A 'e tiempe mieie 'a chiammàvamo prusupupeia.»

«Ma buono buono 'a prusupupeia nun è na malatia,» dicette Alice.

«Certo che sì,» dicette 'o Vespone: «aspetta ca te vene pure a te, accussì te n'adduone. E quanno te vene prova a te nfascia' 'a faccia cu nu fazzuletto giallo. Te sana senza te fa' perdere tiempo!»

E parlanno parlanno se luvaie 'o fazzuletto e Alice le guardaie 'a perucca chiena 'e maraveglia. Era 'e nu giallo appicciato comm' 'o fazzuletto, e tutta arravugliata e ngrifata comme a n'ammasso d'àleche 'e mare. «Tu putarrisse tene' 'a perucca cchiù assignata,» dicett'essa, «si sulo tenisse nu pettene.»

«Ched'è, mo tu fusse n'Ape?» scrammaie 'o Vespone, guardànnola assaie nteressato. «E tiene nu favo. Assaie mèle?»

«Nun è 'e chella specie llà.» Mettette subbeto 'nchiaro Alice. «Serve pe pettena' 'e capille—'A perucca d' 'a toia è assaie ngrifata, 'o ssaie.»

«Te voglio di' comm'è c' 'a porto,» dicette 'o Vespone. «Quann'io ero giovine, 'o ssaie, tenevo 'e bbùccole ca se sbentuliavano—»

Na penzata strana venette 'ncapa a Alice. Quase tutte chille c'aveva ncuntrato l'avevano recetato puisie, e essa penzaie 'e pruva' si pure 'o Vespone fosse capace d' 'o ffa'. «Te piacesse d' 'o ddìcere cu na rimma?» addimannaie cu crianza.

«Nun ce songo abbetuato,» dicette 'o Vespone: «comme sia sia, nce voglio pruva'; aspetta nu mumento.» Se stette zitto poche menute e po accumminciaie n'ata vota—

> *«Quann'ero giuvinotto, cu 'e capille*
> *tutte buccole e ricce 'nquantità*
> *ntrezzate 'e viento, fuie allora ca chille*
> *me dettero 'o cunziglio 'e me rasa'.*
>
> *E scagna' chella ricca capillera*
> *cu na perucca gialla, a ccuppulone.*
> *Ma po, quanno facette 'e 'sta manera*
> *dicettero ca nun me steva buono:*

> *nun ero bello comme se sperava*
> *e tenevo na cèra 'e battilocchio.*
> *Ma io che putevo fa'? cchiù nun turnava*
> *chillu vuosco 'e capille a bbista d'uocchio.*
>
> *Accussì, mo che so' viecchio e scucciato*
> *me scippàieno 'a perucca cu sverdezza*
> *e, senza scuorno, m'hanno addimannato:*
> *"Ma mo, comme t' 'a lieve 'sta munnezza?"*
>
> *E tutt' 'e vvote ca me faccio vivo*
> *me pigliano a pernacchie—nun se falla –*
> *e me chiammano: "Puorco!" (Che currivo!)*
> *sulo pecché tengo 'a perucca gialla.»*

«Me dispiace assaie pe te,» dicette Alice 'e core: «e penzo ca si 'a perucca fosse stata nu poco meglio nun te sfuttessero 'e chesta manera.»

«'A perucca *toia* te sta na maraveglia,» barbuttiaie 'o Vespone tenènnola mente cu n'aria 'e ammerazione: «è 'a forma d' 'a capa toia c' 'o cunzente. Ma 'e mascelle toie nun so furmate buono—aggio l'impressione ca tu nun puo' muzzeca' buono.»

A Alice le scappaie nu sbruffo 'e risa che avutaie a stizza 'e tossa comme meglio putette. All'ùrdemo ngarraie a ddìcere cu serietà, «I' pozzo muzzeca' tutto chello che voglio.»

«No cu na vocca accussì piccerella,» ncucciaie 'o Vespone. «Si mo tu te truvasse 'int'a n'appìcceco—fusse capace d'afferra' l'ato p' 'a noce d' 'o cuollo?»

«Aggio paura 'e no,» dicette Alice.

«Embè, chest'è pecché tu tiene 'e mascelle troppo corte,» seguitaie 'o Vespone: «ma 'a cimma d' 'a capa è tonna e accunciulella.» E 'ntramente parlava se luvaie 'a perucca e allungaie na zampetella verzo Alice comme si avesse vuluto fa' 'a stessa cosa p'essa; ma 'a guagliona se mantenette descuosto e facette abbede' ca nun hêva capito. Accussì chillo seguitaie a tagliarle 'e panne ncuollo.

«Po ll'uocchie tuoie—stanno troppo annanze, nun ce stanno dubbie. Sarria stato meglio tenerne uno sulo mmece 'e duie si *l'aviv'* *'a* tene' accussì azzeccate, l'uno a ll'ato—»

A Alice nun le piaceva d'ave' tanta cummiente ncopp' 'a perzona, e datosi c' 'o Vespone s'era repigliato, e ll'era venuta 'a pepìtola, penzaie c' 'o puteva lassa' sano e salvo. «I penzo che mo me n'aggi' 'a ji,» dicette. «Statte buono.»

«Statte bona e grazie assaie,» dicette 'o Vespone, e Alice scennette n'ata vota 'a cullina, assaie felice 'e pute' turna' arreto e d'ave' dunato chilli poche minute pe cunzula' chella povera vecchia criatura.

Glossario

abbaccarse: accordarsi.

abbacchiato: avvilito, abbattuto, sconsolato.

abbampa': bruciare.

abbarruca': rovesciare, capovolgere, far precipitare.

abbasca': affannare, ansimare.

abbascio: abbasso, giù.

abbede': vedere; **fa' abbede'**: far finta.

àbbeto: abito, vestito.

abbia': iniziare, cominciare.

abbiata: inizio, iniziativa.

abbranca': afferrare, prendere con furia.

abbrucato: rauco, roco, arrochito.

abbrucia': bruciare, scottare.

abbuffa': gonfiare; *fig.*, annoiare, infastidire, seccare.

abbusca': guadagnare.

abbuteca': rovesciare, capovolgere, ribaltare.

acala': abbassare, chinare, calare.

accapezza': rendersi conto, intendere, capire.

accatta': comprare.

accrianzato: ben educato, rispettoso.

accucchia': accoppiare, mettere insieme, conchiudere, accozzare.

accucciuliato: accoccolato, accovacciato.

accuncia': aggiustare, riparare, abbellire, condire.

accunciulillo: grazioso, proporzionato.

accuoncio: di giuste proporzioni, garbato, aggraziato, sensibile.

accussì: così.

accuvarse: accovacciarsi, inchinarsi.

accuvata: inchino.

accuvato: accovacciato.

acetuso: scontroso, stizzoso.

acquazza: rugiada, brina.

acquiccia: linfa; salivazione abbondante.

addecrea', addecria': deliziarsi, godere.

addenucchiarse: inginocchiarsi.

addenucchiune: in ginocchio, ginocchioni.

adderezza': raddrizzare.

adderitto: dritto; furbo, astuto.

addimanna'/arse: domandare, chiedersi.

addiruso: profumato odoroso.

addo': dove.

addunarse: accorgersi, avvedersi.

addurmuto: addormentato.

affaccennato: affaccendato.

afferra': afferrare, comprendere.

afflezione: noia, tormento.

affritto: afflitto.

aggarbante: piacevole, garbato.

agghietta': sporgere.

agghiógnere: aggiungere.

aggranfa': prendere, afferrare.

aggraziato: simpatico, di modi cordiali.

aggrecenuto: intirizzito, percorso da brividi.

aglióttere: inghiottire, deglutire.

aiza': alzare, sollevare; **aiza' ncuollo**: decidersi ad andare via.

ala': sbadigliare.

àleca: alga.

alizzo: sbadiglio.

allasca': allargare; diradare, svanire.

allebreca': replicare, ribattere, contraddire.

allenta': distendere, allargare.

alleppechi': intirizzire, assiderarsi.

allerta: in piedi.

allesso: lesso.

alleverenzia: riverenza, inchino.

allicca': leccare.

alliggeri': digerire; *trasl.*, sopportare, tollerare (si usa preceduto da negazione).

alliscia': accarezzare, lisciare.

allucca': urlare; sgridare.

allucco: strillo, urlo.

allustrato: lustrato, lucidato.

ammacaro: almeno.

ammagliuccato: appallottolato, rannicchiato.

ammali': appassire, rinsecchire; rattristare.

ammatunta': ammaccare, pestare.

ammuina: confusione, chiasso, baccano.

ammuntunato: ammucchiato.

ammurbato: nervoso, di cattivo umore.

ammuscia': avvizzire; annoiare, infastidire.

ammussato: imbronciato.

ampressa: presto.

anduvina': indovinare.

anduvinaglia: indovinello.

anemuso: coraggioso.

annasata: fiutata.

annata: andata.

anneveniello: indovinello.

annija': negare.

annuzza': far nodo, far groppo; **annuzza 'ncanna**: di un boccone che non scende.

'antrasatta: all'improvviso, tutto a un tratto.

appaciarse: far pace.

appapagnamiento: assopimento, sonnolenza.

appara': appianare, correggere, aggiustare.

apparicchia': preparare, mettere in ordine.

appassa': superare.

appassulia': appassire, sfiorire.

appaurato: spaventato.

appedessa: per conto suo, da sola.

appezza': appuntire; **appezza' 'e recchie**: tendere l'orecchio.

appiccecarse: litigare.

appìcceco: litigio.

appiccia': accendere, far fuoco; **appicciarse**: infiammarsi, eccitarsi, commuoversi.

appietto: di fronte, nei confronti, a paragone.

appila': otturare.

appizzato: arrossato.

apprenzione: preoccupazione, ansia.

apprenzivo: inquieto, facile a preoccuparsi.

apprietto: ansia, preoccupazione; **apprietto 'e core**: stretta al cuore, pena.

appucenuto: rannicchiato su se stesso.

appucundruso: triste, malinconico.

appuja': appoggiare.

appunta': fermare con spilli, abbottonare.

appura': scoprire, venire a sapere, verificare.

appusato: assennato, giudizioso, posato.

appuzato: chinato in avanti con le natiche sporgenti.

arbasciuso: borioso, superbo.

aroppo: dopo.

arraggiato: arrabbiato, infuriato.

arranfechiarse: arrampicarsi.

arravuglia'/arse: avvolgere, arrotolare, avviluppare; impigliarsi.

arrecògliere: raccogliere.

arrecriarse: consolarsi, bearsi, deliziarsi, rallegrarsi.

arrefrescarse: rinfrescarsi.

arrepezza': rattoppare, rappezzare; *fig.*, rimediare, provvedere alla meglio.

arresecarse: rischiare, tentare a proprio rischio.

arresentuto: aspro, irritato, risentito.

arresoluto: risoluto, deciso.

arresòrverse: decidersi.

arretecone: all'indietro, a ritroso, rinculando.

arreto: dietro, indietro, addietro.

arrevaca': vuotare, riversare.

arrevuoto: parapiglia, confusione.

arrevuta': rivoltare, agitare, rimescolare.

arricetta': rassettare, mettere ordine in casa.

arricietto: riposo, assetto, ordine.

arriva': arrivare; raggiungere; riuscire.

arrucchiarse: raggrupparsi, radunarsi, formare crocchio.

arrugnarse: rimpicciolire, restringersi, contrarsi, ritirarsi.

arrunza': fare in fretta; investire.

arruteca': travolgere, atterrare, abbattere.

arvearo: alveare.

àrvulo: albero.

arzo: arso, bruciato.

ascevuli': svenire.

asci': uscire.

asciuta: uscita, riposta inaspettata, sortita.

asciutta': asciugare.

assettarse: sedere, porsi a sedere.

assignato: ordinato.

assumma': sommare.

asteco: lastrico solare, terrazzo.

astipa': conservare.

astrégnere: stringere.

astrinto: stretto.

ato: altro.

attacca': legare; v. Modi di dire.

attasta': tastare.

attiggiarse: darsi le arie.

attone: ottone.

attucca': spettare, toccare in sorte.

attuorno: intorno.

aucelluzzo: uccellino.

auciello: uccello.

audienza/rienza: retta, ascolto.

auna': radunare, raccogliere; raccattare.

ausa': adoperare, usare.

ausulia': origliare, ascoltare.

avanza': avanzare; **avanza' 'o pere**: accelerare l'andatura, affrettarsi.

avascia': abbassare.

avuta': girare; **avutarse a uno**: rivolgersi a uno.

azzecca': attaccare; assestare; schioccare; **che ce azzecca**: che c'entra.

azzeccuso: appicciaticcio; *fig.*, affettuoso, amabile, tenero.

banno: bando, annuncio.

barbuttia': mormorare, borbottare.

battilocchio: inetto, grullo.

baùglio: baule.

bbia: v. **via**

bévere: bere.

birbantaria: cattiveria, birichinata.

botta: colpo, percossa; scoppio; **una botta**: improvvisamente, tutto insieme.

brìnnese: brindisi.

buccetta: boccetta, ampollina.

bùccole: riccioli.

buffettone: schiaffone, ceffone.

burdello: bordello; *trasl.*, confusione.

burdura: bordura, orlo.

busillo: difficoltà, problema, busillis.

ca/che: che.

cacasotto: pauroso, vigliacco, pavido, codardo.

caccavella: pentola.

cacciafummo: fumaiolo.

cacciuttiello: cagnolino.

cachisso: cachi, loto.

cagliosa: botta, colpo violento, percossa.

cagna': cambiare.

càmmara: camera, stanza.

cammarera: cameriera.

campa': campare, vivere.

campata: guadagno necessario per campare.

cancaria': rimproverare, sgridare.

canesca: un tipo di pescecane, squalo.

cannarone: canna della gola, esofago, strozza.

cannaruto: goloso, ghiotto.

cannela: candela.

canneliere: candelabro.

cannicchio: gola; v. Modi di dire.

canto: canto, il cantare; lato, banda; **'e canto**: accanto, vicino.

canzo: opportunità, occasione, agio.

capa: testa; **tene' 'a capa a tre asse**: avere scarso cervello.

capace: ampio; **farse capace**: convincersi, rassegnarsi; **è capace**: è possibile.

càpere: entrare.
capestuóteco: capogiro, malore.
capetommola: capitombolo, caduta.
capillera: capigliatura, zazzera.
capotuorto: torcicollo.
capucchione: testone.
capuzzia': scuotere il capo, tentennare la testa.
caracuollo: capitombolo.
carafa: caraffa, bottiglia.
carmusino: cremisino, cremisi, di colore rosso vivo.
carria': trasportare, trascinare.
cartazuca: carta assorbente.
caruta: caduta.
casa: casa; sta' 'e casa: abitare.
casatiello: torta rustica.
casciunetto: gola del camino, cappa.
cassarola: casseruola.
caterbia: caterva, gran moltitudine di persone.
cato: secchio.
catramma: catrame.
cauciata: una serie di calci.
càucio: calcio.
càuro/vero: caldo.
cavelesciore: cavolfiore.
cazetta: calza.
cazzia': rimproverare, sgridare.
cca: qua.
ccheffa' ('o): il daffare
celleca'/chia': solleticare.
cellechiamiento: solletico.
ceniero/era: tenero, soffice, debole.
ceppa: cespuglio, ciuffo d'erba.
cèra: aspetto, sembianza; fa' na cèra: lanciare un'occhiataccia.
cerca': cercare; chiedere, domandare.
cerevella/viello: cervello.
chiagnere: piangere.
chiaita': piatire, chiedere pietosamente.
chianca: macelleria.
chiatto: grasso.
chiattulillo: grassottello.
chiazza: piazza.
chieja': piegare.
chiejatura: piegatura, articolazione; chiejature d' 'e dete: nocche.
chillo/e: quello/i.

chino: pieno, ricolmo.
chisto: questo.
chiummo: piombo.
ciammiello: zimbello; *trasl.*, lusinga; a ciammiello: a pennello, appuntino.
cianciuso/osa: vezzoso, aggraziato.
ciampa/nfa: zampa.
ciardeniello: giardinetto.
ciàvola/ula: gazza; cornacchia.
ciculo: cicciolo di maiale; v. Modi di dire.
ciucciaria: errore madornale.
ciunca': esser colto da paralisi; *fig.*, restar fermo. v. Modi di dire
ciunco: paralizzato, impedito; statte ciunco: sta' fermo.
cogliere: colpire; raccogliere; sorprendere; indovinare.
commilfò: a modo, per bene, come si conviene.
contrapilo: contropelo.
coppa: sopra.
cora: coda.
corpa: colpa.
corpo: colpo.
còveta còveta: tranquillamente.
crapa: capra.
cravacca': cavalcare.
cravaccatore: cavaliere, cavalleggero.
crianza: educazione, buona creanza.
criatura/o: bambino; creatura.
cristiano: uomo, persona, essere umano.
cucca'/arse: coricare, coricarsi.
cucente: caldo.
cuffia': canzonare, deridere, prendere in giro, ironizzare.
culata: bucato, lavatura dei panni.
cummerzazione: dialogo, conversazione.
cummiglia': coprire.
cundicere: parlare, dire.
cunfromme: non appena che.
cunnulia': cullare.
cunta': contare; raccontare.
cuntignuso: contegnoso, schivo, pudibondo.
cunto: racconto, favola; cunticiello: storiella; fa' cunto: immaginare, far finta.
cuntrora: le prime ore del pomeriggio estivo.

cunveni': convenire, riconoscere, essere d'accordo.

cuocciole: gusci.

cuófeno: cofano, cesta; *trasl.*, **nu cuófeno**: molto, una quantità.

cuoncio: piano, lento, acconcio.

cuóveto: colto.

cupiello: mastello, truogolo.

currettia': scorrazzare.

curreturo: corridoio, passaggio stretto e angusto.

currivo: rabbia, stizza.

curto: corto, basso; **a curto a curto**: subito, a breve distanza.

delure: reumatismi, dolori.

denchiere: riempire, colmare.

denucchio/nocchie: ginocchio, ginocchia.

deritto: dritto; destro; **deritta, sost.**: destra.

derrupare: precipitare, dirupare.

descuosto: a distanza.

descurzo: discorso.

designo: disegno, progetto.

detone: pollice; alluce.

devaca': vuotare.

devierzo: diverso.

dimanna: domanda.

dinto: dentro.

dulore: dolore.

duviello: duello.

enchiere: riempire, colmare.

ermo: elmo.

èvera: erba.

facenna: faccenda, affare.

falla': sbagliare.

fangotto: fagotto, pacco.

fauzo: falso, finto, doppio, ipocrita.

fella: fetta.

fellia': affettare.

fenesta: finestra.

ferni': finire, terminare.

fessaria: sciocchezza, stupidaggine.

fetecchia: flatulenza; **fa' fetecchia**: mancare il colpo, fare cilecca, fallire.

fetente: maleodorante, sudicio; *trasl.*, malvagio, cattivo.

fettuccia: nastro.

finezza: gentilezza, cortesia.

foja: foga; irrequietezza; libidine.

fora: fuori; **'a fora che**: tranne che.

frasca: ramo fronzuto.

frasturnato: frastornato, distratto.

frate: fratello; **frate cucino**: cugino di primo grado.

freva: febbre.

frezza: freccia.

friccecariello: vivace, pronto, vispo.

fronna: foglia, petalo.

fucarazzo: falò.

fucone: caminetto.

fumeta: nuvola di fumo o polvere.

fungio: fungo.

furza': costringere, forzare.

futo: profondo, cupo.

galliato: insuperbito.

gamme: gambe.

genio: voglia, desiderio.

ghi': andare.

ghianco/ja-: bianco.

ghiuculia': giocherellare.

ghiuorno: giorno.

gliòmmero: gomitolo.

gnavula': miagolare.

gnernò: signor no, nossignore.

gnosta: inchiostro.

granavuottolo: v. **ranavòttola**.

grannezzuso: grandioso, superbo.

gravone: carbone.

grolia: gloria, vanteria.

grunnuso: minaccioso, torvo, altero.

guaglione: *sost.*, ragazzo, giovanotto; *agg.*, giovane.

guagliuncella: ragazzina, fanciulla.

gualia': guaire.

guantera: vassoio.

guardacammino: parafuoco, quadro che chiude l'apertura del camino.

guliuso: voglioso, goloso, avido.

guverna': dirigere, guidare, controllare.

gùveto: gomito.

intrasatta: v. **'ntrasatta**.

ircuciervo: animale favoloso; chimera, assurdità.

janco: bianco.

jatevenne: andate via.

juca': giocare.

junco: giunco.

justo: giusto; proprio.

lacerta: lucertola.
laco: lago.
làmia: soffitto, volta.
làppese: lapis, matita.
lasco: largo, rado.
lassa': lasciare.
lastra: vetro, vetrata.
lavannara: lavandaia.
lavarella: rigagnolo, ruscelletto.
lazzo: laccio.
lebbreca': v. **allebbreca'**.
leva'/lu-: togliere, levare; **leva' mano**: sospendere il lavoro.
lieggio: leggiero.
lignamme: legno.
lloco: là.
locco: sciocco, scimunito.
loffio: lento, pigro, floscio.
lucechia': luccicare, risplendere.
malacrianza: scostumatezza, cattiva educazione.
malamente: cattivo; *sost.*, il male.
malaparata: pericolo in vista, avvisaglia.
mancina: sinistra.
manco: v. **nemmanco**.
mania': maneggiare, adoperare; toccare lascivamente.
manna': mandare.
mantèca: panna.
mappina: straccio, cencio.
masca: guancia.
mastedascio: falegname.
masto: maestro, mastro, capo di bottega.
mastrillo: trappola per topi.
mattuoglio: fagotto, fardello.
mazzate: botte; **'e cecate**: da orbi.
mazzeca': masticare; parlare tra i denti per darsi importanza.
mbruoglio: confusione, groviglio, garbuglio; truffa, imbroglio.
mbrusunia': borbottare, mormorare.
mente: mente; **tene' mente**: guardare; **tene' a mente**: ricordare.
mèle: miele.
mena': buttare, gettare; picchiare.
mesale: tovaglia da tavola.
miccio: debole, sciupato, pallido.
miercurì: mercoledì.
miscella/mu-: gattina.

mmasciata: imbasciata.
mmece: invece.
mmenta': inventare.
mmenzione: invenzione.
mmerzo: verso.
mmesìbbele: invisibile.
'mmocca: in bocca.
mmito: invito.
mpacciato: impacciato.
mpapuocchio: pasticcio, imbroglio.
mparanza: uniformemente, tutti insieme.
mpeccecarse: aggrovigliare, impigliare.
mpenzata: **a la mpenzata**: all'improvviso.
mpezza'/arse: infilare, introdurre con forza; infilarsi, introdursi, imbucarsi.
mpiccio: fastidio, impiccio.
mpizzo mpizzo: all'ultimo momento.
mpuntatura: ostinazione.
mpustarella: colazione, panino.
muchio surdo: sornione come un gatto.
munnezza: immondizia, spazzatura.
munno: mondo.
muollo: molle, cedevole.
murmulia': mormorare, bisbigliare.
musciaria: lentezza, flemma, pigrizia.
muscio: lento.
musco: muschio.
musso: labbra, muso.
musta': mostrare.
mustaccio: baffo, mustacchio.
mutìa: silenzio, taciturnità, assenza di suoni, di parole.
mutriuso/-osa: malinconico, triste.
muzza': mozzare.
muzzeca': mordere.
nata': nuotare.
ncacaglia': balbettare.
'ncanna: nella gola, alla gola.
ncappa': acchiappare, catturare.
ncasa': premere, calcare, pigiare, puntare; **ncasa' 'a mana**: calcare la mano.
ncatasta': bloccare, mettere con le spalle al muro.
ncarzapelluto: adirato, sdegnato.
ncazzato: arrabbiato, adirato, infuriato.
nchiantato: piantato.
'nchirchio: in cerchio.
nchiocca'/ucca': suggellare, imprimere.
nciampeca': inciampare.

ncigna': indossare un vestito nuovo, inaugurare.

'ncimma: in cima.

'ncontraggenio: malvolentieri, di malavoglia.

ncoppa: sopra.

ncresciuso: indolente, pigro.

ncrucia': incrociare.

ncuccia': incaponirsi, ostinarsi, intestardirsi; trovare, imbattersi, scoprire.

ncuollo: addosso, in collo, sulle spalle.

neglia: nebbia.

nemmanco: nemmeno.

'nfaccia: in faccia, contro.

nfanfaruto: frastornato, confuso.

nfizza': infilare.

nfónnere: bagnare, intingere, inzuppare.

nfucato: infuocato, arrabbiato, irritato.

nfuso/osa: bagnato.

ngarra': riuscire in una cosa, indovinare.

nghiancato: imbiancato.

ngrese: inglese.

ngrifarse: adirarsi, stizzirsi, risentirsi, impennarsi.

ngrifato: arricciato.

ngrugnato: imbronciato.

ngrutta': aggrottare le ciglia.

nguacchio: sudiciume; bruttura; pasticcio.

nisciuno: nessuno.

'nnanze: avanti, davanti.

noce: noce; **noce d' 'o cuollo**: nuca, vertebre cervicali.

'nparavone: a, in paragone.

nquartato: infuriato, arrabbiato.

nsicco: all'improvviso, di botto.

ntalliarse: indugiare, camminare ciondoloni, perder tempo.

ntennere: capire, comprendere; udire ascoltare.

ntenziunato: deciso.

ntesecuto: teso, agitato, ansioso, inquieto.

ntiso: sentito.

ntosciato: impettito, borioso.

'ntramente: pe tramente: mentre, nel momento che.

'ntrasatta: all'intrasatta; â 'ntrasatta: improvvisamente.

ntrunato: intronato, frastornato, stordito, rintronato.

ntruppeca': inciampare, incespicare.

ntruppecuso: scabroso; scontroso.

'ntunno: in tondo.

ntuppa': urtare, battere, inciampare.

nturciglia': attorcigliare, torcere.

ntusseca': dare o prendere dispiacere, amareggiare.

ntussecuso: velenoso, astioso, rabbioso, maligno.

ntusta': indurire; *trasl.*, ostinarsi.

nucella: nocciola.

nureco: nodo, legame.

nutriccia: balia; **spilla 'e nutriccia**: con chiusura di sicurezza.

nuviello: nuovo.

nzallanuto: stordito, scimunito.

'nzarvamiento: in salvo.

nzerrato: chiuso.

nzetto: insetto.

nzevato: unto.

nzi': insino, fino a.

nzicco: di botto, all'improvviso.

nzino: in grembo, in seno, sulle ginocchia.

nzìpeto: insapore, sciapo; insignificante.

nzunzulia': bighellonare, andare a zonzo, ciondolare, girandolare.

ogna: unghia.

ógnere: ungere.

onna: onda.

opuramente: oppure.

osinò: altrimenti.

overo: veramente, davvero.

pàccaro/cchero: ceffone schiaffo; tipo di maccherone.

palella: remo, piccola pala.

palillo: paletto.

palluóttolo: uomo basso e grasso.

palomma: farfalla.

pampuglia: truciolo; *trasl.*, cosa da nulla.

panariello: cestino.

panzarotto: frittella ripiena; crocchetta di patate.

pareglia: coppia.

parpetola: palpebra.

pascone: terreno da pascolo.

passia': passeggiare.

passiata: passeggiata.
passulino: chicco d'uva passa.
pastacrisciuta: pizzetta al lievito fritta.
pastenaca: carota.
pazzia': giocare, scherzare.
pazziella: giocattolo; giochetto, scherzetto, cosa da burla.
pedazzone: piedone.
peliento: smunto, emaciato.
pennulia': pendere, penzolare.
penzata: idea, proponimento, risoluzione improvvisa, immediata.
pepìtola: malattia della lingua dei polli; *fig.* parlantina, scilinguagnolo.
perna: perla.
pernia': luccicare.
peròccola: bastone nodoso, vincastro.
pertuso: buco, foro, pertugio.
pezzentaria: miseria, povertà.
pezzullo: pezzetto, pezzettino; *dim.* di *piezzo*.
piccerella/illo: piccolina, bambina, fanciulletta.
piccia': lamentarsi, piagnucolare, frignare.
pignata: pentola di coccio.
pijula': pigolare, stridere.
pisciuliante: gocciolante.
pizzo: luogo; angolo; vertice; becco; **pizzo a rriso**: risolino.
po: poi.
pô: può.
pógnere: pungere.
ponta: punta.
posta: posta; **'e chesta/chella posta**: di questa/quella grandezza, lunghezza.
póvere: polvere.
pressa: fretta, premura; **'e pressa**: di fretta, frettolosamente.
pressarulo: frettoloso, che va di fretta.
preta: pietra; **preta 'e zùccaro**: zolletta di zucchero.
pròpeto: proprio.
proposcia: proboscide.
protucopia: sussiego, gravità, tronfiezza.
prucresso: progresso.
prune: prugne.
prusupupeia: prosopopea, vanità.
pucundruso/pe-: triste, malinconico.

pucurillo: pochetto, pochino; *dim.* di *poco*.
pulezza': pulire.
punio (*pl.* ponie): pugno.
pupata: bambola.
purcellamma: porcellana.
purciello: porcello, maiale.
puteca: bottega.
putecarella: baruffa, rissa.
puzo: polso.
quaccosa: qualche cosa.
quaquiglia: conchiglia.
quatrillo: quadretto.
quèquero: buffo, comico; noioso.
ranavòttola: rana.
rancetiello: granchiolino.
rancio: granchio.
rebbomma': rimbombare.
recanzo: riparo.
recchia: orecchio.
recrio/addecrio: delizia, godimento, divertimento, diletto, goduria.
recusa': rifiutarsi.
réfola: corrente d'aria, spiffero.
rena: sabbia.
renza: tendenza, mania; **'e renza**: a sghimbescio.
repigliarse: riprendersi dopo una malattia.
resciata': respirare, riprender fiato.
resella: risolino, sorrisetto.
reto: indietro.
rialo: regalo.
rilorgio: orologio.
rimmo: remo.
rine: reni.
riseco: rischio, azzardo.
rocchia: gruppo, combriccola, compagnia.
rosecachiuove: avaro, spilorcio.
ruciulia': ruzzolare, sdrucciolare, rotolare.
rummane': rimanere, restare.
runfa'/runnia': russare; bofonchiare; fare le fusa.
runzia': ronzare.
ruteca': roteare.
ruzza: ruggine.
sacca: tasca.
sagli': salire.

sagliòccola: bastone, clava.
sbaculia': barcollare, vacillare.
sbalanza': lanciare, scagliare.
sbani': svanire, scomparire.
sbaria': vagare; delirare, vaneggiare.
sbettuliarse: agitarsi, dibattersi.
sbia': sviare; **sbiarse**: distrarsi, pensare ad altro.
sbrennere: risplendere.
sbruffo: scoppio.
sbrunzulia': sbatacchiare, sballottolare, scuotere con decisione, strapazzare.
sbutta': scoppiare, crepare; uscire dai gangheri, prorompere.
sbuttulone: urtone, sobbalzo.
scagna': scambiare; scolorare.
scamazza': schiacciare.
scampania': suonare la campana.
scamuso: squamoso; scontroso, ruvido.
scanza': evitare, scansare, scampare, salvarsi.
scanzia: mensola, ripiano.
scapezza': cadere di botto a testa sotto.
scapizzacuollo: discolo; **a scapizzacuollo**: a precipizio, freneticamente.
scapuzzia': scuotere la testa; piegare il capo dormicchiando.
scarpesa': calpestare.
scarpina': camminare a lungo.
scarpinata: lungo e faticoso cammino a piedi.
scarrafone: scarafaggio.
scarrupa'/rse: precipitare, crollare, rovinare.
scassa': rompere; cancellare.
scassambrella: rompiscatole.
scastagna': snodare, staccare.
scella: ala.
scellato: stanco, debole, sfibrato, malaticcio.
scenufreggio: rovina, scempio, strage, strazio.
sceria': strofinare, stropicciare, fregare.
scetarse: svegliarsi.
scetato: sveglio; di mente pronta, vivace.
schiaffa': gettare; ficcare; poggiare con violenza.
schianto: spavento, paura improvvisa, rimescolamento.

schiara': albeggiare, far giorno.
schiasso: fracasso, fragore, rovinio, frastuono.
schiatta': crepare.
schiattuso: dispettoso.
schiocca': schioppettare.
schiòvere: spiovere; **parla' a schiòvere**: a vanvera, senza senso, a casaccio.
schiuppa': germinare, sbocciare, svilupparsi, allungarsi.
sciaccato: fiaccato, ferito.
sciambrato: allentato, slabbrato, comodo.
sciamma: fiamma.
scianco: fianco.
sciasciarse: godersela, oziare comodamente.
sciato: fiato, respiro.
sciocco: fiocco.
sciordezza: disinvoltura, sveltezza di movimenti.
sciore: fiore; fior di farina.
sciorta: sorte, fortuna; specie, sorta.
scippa': graffiare; strappare, tirar via.
scippo: graffio, scalfittura.
sciucca': fioccare.
sciulia': scivolare, scendere giù.
sciummo: fiume.
sciurillo: fiorellino.
sciuscia'[1]: soffiare, far vento.
sciuscia'[2]: scugnizzo, lustrascarpe, da *shoeshine*.
scommuosso: commosso.
scòmpere: terminare, compiere.
scompetura: fine.
scòppola: scappellotto.
scramma': esclamare.
scravacca': scavalcare.
scrianzato: scostumato, villano.
scucciarse: annoiarsi, seccarsi, stufarsi.
scucciato: calvo.
scuffato: malconcio.
scuffia: cuffia.
scugnizzo: monello.
scuieto: inquieto, preoccupato, allarmato.
scumbinato: assurdo, cervellotico, matto, anormale.
scumma: schiuma.
scunceca': guastare.
scunfidarse: scoraggiarsi.

scuntra'/rse: incontrare, incontrarsi, imbattersi.

→ scuónceco: sconcio, disadatto, scomodo; *trasl.*, maldestro, sgraziato, sgarbato.

scuoppo: scoppio, tonfo, rumore improvviso.

scuorno: vergogna.

scupillo: scopettino.

scura': oscurare, far notte.

scurbùteco: scorbutico, nervoso.

scurda/rse: dimenticare.

scuretorio: oscurità, tenebra, buio.

scurnuso/osa: vergognoso, confuso, timido, pudibondo.

scurparse: discolparsi, giustificarsi.

scuscenato: dilombato, informe.

scutulia': scuotere, scrollare.

scuzzeca': staccare.

secuta': inseguire, dar la caccia.

seggia: sedia.

selluzza': singhiozzare.

selluzzo: singhiozzo, singulto.

semmana: settimana.

senga: fessura.

sepa: siepe.

sequenzia: successione, serie.

sereticcio: raffermo, duro.

sestimato: sistemato, in buone condizioni.

setaccio: staccio, buratto.

sfabbricina: calcinacci.

sfastediarse/riarse: annoiarsi, infastidirsi.

sfizio: gusto, soddisfazione, diletto.

sfiziuso/osa: divertente, gradevole, gustoso.

sfottere: deridere, prendere in giro.

sfruculia'/sfre-: importunare, molestare; v. Modi di dire.

sgarra': sbagliare.

sgravuglia': sciogliere, sgomitolare, districare.

sguarrato: spalancato.

sguiglia': germogliare, germinare.

sguincio ('e): di sghimbescio.

singo: segno, linea, limite, segno tracciato sul terreno.

sisca': fischiare.

sisco: fischio.

smerza (â): al rovescio, al contrario; **mana smerza**: mano sinistra.

smiccia': osservare con attenzione; guardare con la coda dell'occhio.

smìvuzo: smilzo.

sora: sorella.

sòrece (*pl.*, **sùrece**): topo, sorcio.

sóserse: alzarsi da sedere, levarsi dal letto, rizzarsi.

sottencoppa: sottosopra.

spacienziuso: impaziente, intollerante, nervoso.

spantarse: meravigliarsi, stupirsi.

spanteca': spasimare, attendere con ansia.

spaparanza': spalancare.

spara': sparare; v. Modi di dire.

sparafunna': sprofondare.

sparagna': risparmiare.

sparatrappo: cerotto.

sparpetia': sbattere, palpitare, sussultare, guizzare.

spàrtere/rse: dividere; dividersi.

spartuto: diviso.

spasella: cestina piatta dove si espone il pescato

spasso: divertimento.

speri': anelare, desiderare, morire dalla voglia, struggersi.

sperlonga: piatto ovale.

speruto: avido, desideroso, affamato.

spia': domandare, chiedere; spiare.

spica': spigare, allungarsi.

spicciarse: affrettarsi, far presto.

spicciativo: sbrigativo, spedito.

spìngula: spillo.

sponna: sponda.

sprìzeto: esplicito.

sprùceto: scorbutico, scontroso, scostante, indisponente.

squagliarse: scomparire, dileguarsi, allontanarsi alla chetichella.

staggione ('a): l'estate.

stàntero: stipite.

stencenato/sti-: storto, curvo; **stincenarse 'e paura**: torcersi di paura.

stiglio: scaffale, stipo, armadio.

stizza: collera, accesso (**stizza 'e tosse**)

stracchimpacchio: balordaggine

stracquarse: stancarsi, indebolirsi.
strafuca': mangiare con voracità; strangolare, soffocare.
straluci'/cere: brillare.
strappannata: strattone.
strascena': trascinare.
stravinato: sparso disordinatamente, sparpagliato.
strèvuzo: strano, curioso a vedersi, fuori dall'abituale.
strùjere: consumare, logorare; **strùjerse**: struggersi, consumarsi, logorarsi.
strubbarse: disturbarsi, turbarsi.
strùmmolo: trottolina di legno azionata con lo spago.
struppia': storpiare, ledere fisicamente.
stuorto: storto; **stuorto o muorto**: alla men peggio, bene o male.
sturzillo: convulsione dei bambini; isteria, capriccio, bizza.
stuta': spegnere.
stutacannela: spegnitoio.
succieso: successo.
sunnato: sognato.
suoccio: simile, pari.
suonno: sonno; sogno.
suprania': sopravanzare, superare.
surchia': sorbire.
surdo: sordo.
susuto: alzato, levato; *part. pass.* di sósere.
sverdo: svelto.
taluorno: lagna, lamentazione, molestia, seccatura, fastidio.
tammurriata: concerto di tamburi.
tammurro: tamburo.
tanno: allora, in quel tempo; **tanno pe' tanno**: lì per lì, al momento, su due piedi.
tantillo/ella: piccolino, pochettino.
tappetiello: tappetino.
teròcciola: carrucola.
tirabbusciò: cavatappi.
titto: tetto.
tomo: serio, grave, taciturno; **tomo tomo**: calmo calmo, serio serio.
tonna: *femm.* di **tunno**
tramente (pe): frattanto, intanto.
trasi': entrare.

tremmuliccio: tremore, tremarella, brivido.
trica': tardare, indugiare, perder tempo.
triémmolo: tremito, tremore.
trònola: tuono.
trubbeia/pea: temporale.
tuculia': vacillare, muovere.
tunno: rotondo; tonno.
tuocco: rintocco.
tuosto/tosta: duro, dura.
turzo: torsolo, gambo, stelo; *trasl.*, sciocco.
tuttavota: pure, tuttavia, ciononostante.
tuzza': urtare, battere, cozzare, picchiare.
tuzzulia': bussare, picchiare.
ucchiarino: binocolo.
ucchiarone: cannocchiale.
umbruso/osa: ombroso, suscettibile, permaloso.
ùmmeto: umido.
unneja': ondeggiare.
ùrdemo: ultimo.
ùrolo: orlo, bordo, lembo.
ustricaro: venditore d'ostriche.
vacante: vuoto.
vallina/ga-: gallina.
vallunciello: valletta, burroncello.
vammàce: bambagia, ovatta.
varrile: barile.
varva: barba.
vascio: basso.
vasa': baciare.
vaso: vaso; bacio.
vattecore: batticuore, palpitazione.
vattemane: applausi, battimani.
vàttere: battere.
vàvera: mento.
ventulia': far vento, soffiare.
verborazia: verbigrazia, a mo' d'esempio.
vervesia': bisbigliare, mormorare.
vesbiglio: bisbiglio, sussurro.
vescuotto: biscotto.
via: strada, via; **pe' via**: per via, a causa, a cagione di.
viarella: stradina.
vicchiacone: uomo decrepito
vicchiariello: vecchietto.
vierno: inverno.

voie: bue.
vóllere: bollire.
vraccio: braccio.
vrancata: manata, pugno pieno.
vrasa: brace, cinigia.
vreccillo: ghiaia, sassolini.
vrenna: crusca.
vrenzola: brandello di veste, straccio; particolare di poco conto.
vriala: succhiello, trivellino.
vriglie: briglie.
vrito: vetro.
vruntulia': brontolare.
vuca': remare.
vucella: vocina.
vuciazza: voce profonda, vocione.

vuliuso: voglioso, desideroso.
vuosco: bosco.
vurzellino: borsellino, portamonete.
vutata: svolta, girata; **una vutata**: tutto di un colpo, all'improvviso.
vutta': buttare; spingere, urtare.
zeffunno/zu-: abisso, burrone; gran quantità.
zennariello: piccolo cenno con l'occhio, strizzata d'occhio, occhiolino.
zenniata: cenno.
zerria': stridere, raschiare.
zico/zichillo: un pochettino, un nonnulla.
zuca': succhiare; subire; v. Modi di dire.
zumpa': saltare.
zuzzuso/osa: sporco, lercio, sudicio.

Modi di dire

Addeventa' nu ciculillo: Farsi piccolo piccolo, per il timore o per l'impressione provata nell'udire un caso pietoso o inatteso.

Aiza' ncuollo: Decidersi ad andar via. Deriva dal gesto degli antichi *vastasi* (i facchini d'un tempo) quando, dopo essersi riposati lungo il cammino, si issavano il carico sulle spalle prima di rimettersi in cammino.

Attaccarse 'e nierve: Innervosirsi. Da cui il meno esatto *tuccarse 'e nierve.*, che non rende l'idea della contrattura nevrina subita da chi monta in collera.

Cca sotto nun ce chiove: Lo si dice puntando l'indice della mano destra sotto il palmo aperto della sinistra, come a raffigurare un ombrello, per avvertire chi ha negato un favore che gli sarà reso pan per focaccia: Quando pioverà su di te non sarà il mio paracqua a coprirti.

Ciuncarse 'a lengua: Costringersi a tacere. Zittire. Il verbo *ciunca'* si traduce esser colto da paralisi.

Ciuncarse 'e friddo: Morire dal freddo.

Comme fu e comme nun fu: Com'è andata e come non è andata. Com'è stato e stato.

Dìcere 'a copp' 'a mana: Rispondere bruscamente e a tono. Allo stesso modo in cui, nel gioco delle carte, chi "è di mano" deve rispondere immediata-mente e con efficacia al giocatore che ha calato una certa carta.

Dint'a na vutata d'uocchie: In un attimo, il tempo di girare lo sguardo. In un batter d'occhi.

Essere tutto punt'e vvirgule: Si dice di persona molto meticolosa e rispettosa delle forme, ma anche di cosa fatta con diligenza.

Fa' ll'uocchie a zzennariello: Fare l'occhiolino, un cenno con gli occhi.

Fótterse d' 'a paura: Spaventarsi a morte.

Ji' a cciammiello: Quando qualcosa si è risolta nel migliore dei modi. Il detto allude al successo ottenuto con lo "zimbello da richiamo" col quale i cacciatori emettevano un suono, simile a quello del cembalo, per adescare gli uccelli.

Jirsene 'nfummo: Montare in collera, adirarsi.

Magna' cu ll'uocchie: Guardare qualcuno o qualcosa con bramosia o affetto.

Mena' n'uocchio: Dare un'occhiata distratta.

Mettere vocca: Intervenire in un discorso, in una discussione che non ci riguarda direttamente.

Métterse 'e casa e pputeca: Accingersi ad una impresa con grande impegno, come chi operi in ambiente che gli serva contemporaneamente da casa e luogo di lavoro.

Murirse 'e scuorno: Provare una profonda vergogna, uno scorno mortale.

Ntusta' 'e piere 'nterra: Insistere con fermezza sul proprio punto di vista o in una decisione, puntare i piedi.

Parla' a schiòvere: Parlare a ruota libera, a vanvera, come pioggia battente senza senso e costrutto.

Pizzo a rriso: È un risolino agli angoli della bocca.

P'opera e vertù d' 'o Spiritussanto: Come Dio volle.

Schiattarse da 'e rrisa: Ridere a crepapelle.

Sfruculia' 'a mazzarella 'e san Giuseppe: Molestare, infastidire qualcuno. La locuzione si riferisce alle indebite asportazioni di frammenti lignei fatte dai devoti visitatori in danno di un bastone esposto ai fedeli in una nicchia del suo palazzo dall'ingenuo tenore Nicola Grimaldi. Al quale la falsa reliquia era stata venduta gabellandola per il bastone del santo Falegname.

Spararse na posa: Darsi delle arie, assumendo un atteggiamento tracotante e borioso.

Sta' 'ncampana: Stare allerta.

Sta' 'ntridece: Mettersi sempre in mostra, come un candelabro. Oggetto indicato dalla "smorfia" con il numero 13.

Stuorto o muorto: Alla meno peggio. Bene o male.

Taglia' 'e panne ncuollo a uno: Criticare.

Tene' nu malo cannicchio: Avere la voce stridula, urlare. *Cannicchio* deriva da *canna*, che in napoletano vuol dire gola.

Tratta' cu 'e mmullechelle: Trattare una persona, o anche crescere un figlio, con tutti i riguardi, le attenzioni. Con le mollichine.

Vutta' 'e mmane: Operare con sveltezza, simbolicamente imprimendo alle mani un moto particolarmente celere.

Zucarse 'a cervella: Scervellarsi.

Lᚫᚢ ᚷ Lᚲᛩᚭᚱ-Ⓣᚨᛆ and Ψᚢᚠᛃ ᚡᛆᚨᛉ Pᚯᚱd Xᚫᚫ
(Thru dh Lüking-Glas and Hwut Alis Fawnd Dher),
Looking-Glass printed in the Deseret Alphabet, 2016

Alice's Adventures in Wonderland,
Alice printed in Dyslexic-Friendly fonts, 2015

ᐱᘭᒥ᠍ᕐᕕ'ᔕ ᐱᐅ ᐱᕃᘉᘉ ᘮᖇᔕ ᵻᘉ ᐱ ᐅ ᔕᓛᕦᐱᕐᓱ ᕕ/ᕕᘉᘉᕪᕦᖇᓛᐱᘉᘉᐳ,
Alice printed in a font that simulates Dyslexia, 2015

ᚮᛚᛚᛰᛪᛚᚸᛍ ᚮᛚᛩᛯᛞᚸᚮᛍᛁᛰᛁᛍᛏ ᛞᛞ ᛰᛞᛞᚮᛏᚱᛰᛚᛚ ᛞᛞᚮᛚᛏ (Ælɪsɛz
Ædvɛntʃuɪz ɪn Wánduɪlænd), *Alice* printed in the Ewellic Alphabet, 2013

'Ælɪsɪz Əd'ventʃəz ɪn 'Wʌndə,lænd,
Alice printed in the International Phonetic Alphabet, 2014

Alis'z Advnĕrz in Wundland, *Alice* printed in the Ñspel orthography, 2015

˙ᒪᒥᒪᒥᒪ᠍ᓯᒥᒥ ˙ᒥᕡᒥᓯᕪ ᓯᒥᕡᓵᓯᕪᒥᓯ ᒪᒥ ᒼᒥᕪᒥᓯ ᓯᒪᒥˊᕪᒥᓯ,
Alice printed in the Nyctographic Square Alphabet, 2011

Alice's Adventures in Wonderland,
Alice printed in Pitman New Era Shorthand, 2018

Alice's Adventures in Wonderland, *Alice* printed in QR Codes, 2018

·ꝛꞔɪS'ɪꝛ ꞔꝺꝼꞁ˥ꞁꞁʌꝺꝛ ɪꝛ ·ꝼꝛꞁꝺꞔꝛꝼ (Alɪs'əz ədventjuːrz ɪn Wʌndərlænd),
Alice printed in the Shaw Alphabet, 2013

ALISIZ ADVENᑕƷRZ IN WUNDꝶLAND,
Alice printed in the Unifon Alphabet, 2014

ᐅᕪ᙭ᐱᑫᛁᕼᕟᕪᛁᕼᕼ ᕪᕼᕪᕪᕟᕼᕪᕪ ᕼᕪᐱᕟ (Aliz kalandjai Csodaországban),
The Hungarian *Alice* printed in Old Hungarian script, tr. Anikó Szilágyi, 2016

Reflecting on Alice: A Textual Commentary
on *Through the Looking-Glass*, by Selwyn Goodacre, 2016

Elucidating Alice: A Textual Commentary on *Alice's Adventures in
Wonderland*, by Selwyn Goodacre, 2015

Behind the Looking-Glass: Reflections on the Myth
of Lewis Carroll, by Sherry L. Ackerman, 2012

Selections from the Lewis Carroll Collection
of Victoria J. Sewell, compiled by Byron W. Sewell, 2014

The Aventures of Alys in Wondyr Lond,
Alice in Middle English, tr. Brian S. Lee, 2013

L'Avventure d'Alice 'int' 'o Paese d' 'e Maraveglie,
Alice in Neapolitan, tr. Roberto D'Ajello, 2016

Attravierzo 'o specchio e cchello c'Alice ce truvaie,
Looking-Glass in Neapolitan, tr. Roberto D'Ajello, 2019

L'Aventuros de Alis in Marvoland, *Alice* in Neo, tr. Ralph Midgley, 2013

Elises Eventyr i Undernes Land: den første norske *Alice:*
Elise's Adventures in the Land of Wonders: the first Norwegian *Alice,*
Alice in Norwegian, ed. & tr. Anne Kristin Lande, 2019

Alice sine opplevingar i Eventyrlandet,
Alice in Nynorsk, tr. Sigrun Anny Røssbø, 2019

Æðelgýðe Ellendæda on Wundorlande,
Alice in Old English, tr. Peter S. Baker, 2015

La geste d'Aalis el Païs de Merveilles,
Alice in Old French, tr. May Plouzeau, 2017

Alitjilu Palyantja Tjuta Ngura Tjukurmankuntjala (Alitji's Adventures
in Dreamland), *Alice* in Pitjantjatjara, tr. Nancy Sheppard, 2018

Alitji's Adventures in Dreamland: An Aboriginal tale inspired by
Alice's Adventures in Wonderland, adapted by Nancy Sheppard, 2018

Alice Contada aos Mais Pequenos,
The Nursery "Alice" in Portuguese, tr., Rogério Miguel Puga, 2015

Сыр Алиса Попэя кэ Чюдэнгири Пхув (Sir Alisa Popeja ke Čudengiri
Phuv), *Alice* in North Russian Romani, tr. Viktor Shapoval, 2018

Приключения Алисы в Стране Чудес (Prikliucheniia Alisy v Strane
Chudes), *Alice* in Russian, tr. Yury Nesterenko, 2018

Приключения Алисы в Стране Чудес (Prikliucheniia Alisy v Strane
Chudes), *Alice* in Russian, tr. Nina Demurova, forthcoming

Соня въ царствѣ дива (Sonia v tsarstvie diva): Sonja in a Kingdom of
Wonder, *Alice* in facsimile of the 1879 first Russian translation, 2013

Соня в царстве дива (Sonia v tsarstve diva),
An edition of the first Russian *Alice* in modern orthography, 2017

www.ingramcontent.com/pod-product-compliance
Lightning Source LLC
Chambersburg PA
CBHW022141050726
47590CB00002B/530